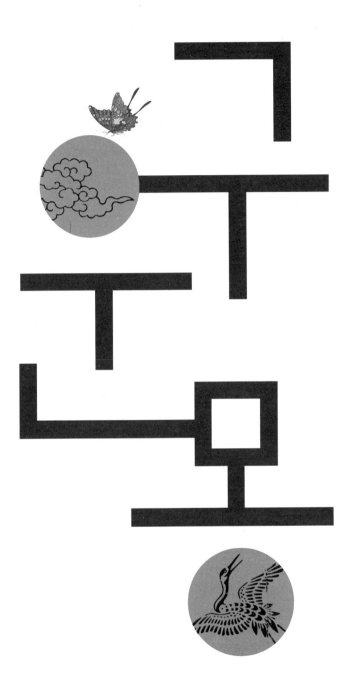

김만중 지음

구운몽

일석이조 우리고전 읽기

홍신문화사

돌 하나를 던져 새 두 마리를 잡고, 마당 쓸고 동전 줍고, 도랑 치고 가재 잡고……. 모두 한 가지 일을 하여 두 가지 이득을 얻을 때 쓰는 말이다.

고전에, 한자에, 게다가 논술까지 공부할 수 있다면, 이는 일석이조가 아니라 일석삼조가 된다.

두 사람이 바둑을 둘 경우, 바로 앞의 수를 보는 사람보다는 한두 수 앞, 아니 그보다 더 멀리 내다보고 돌을 놓는 사람이 훨씬 유리하게 마련이다. 그런 의미에서 고전이나 한자나 논술이나 세 가지 모두 먼 장래를 내다본 포석이라고 할 수 있다. 당장 눈앞에 보이는 성과가 없어도, 꾸준히 공부하다 보면 그것이 내공이 되어 결정적일 때 큰 힘이 될 것이다.

국어사전에서 '고전'이라는 말을 찾아보면 '역사적으로 널리 인정되는 훌륭한 작품이나 저서'라고 풀이되어 있다. 고전 읽기의 필요성은 아무리 강조해도 지나치지 않다. 고전은 그 작품이 나온 시대를 대표하는 것으로서, 옛것을 들어 새것을 아는 데 고전 읽기보다 더 좋은 방법은 없다.

아무리 시간이 많이 흘러도 고전이 그 가치를 잃지 않는 이유는 그 속에 어떤 해답이 들어 있기 때문이 아니다. 고전의 참된 가치는 우리가 살아가는 데 반드시 알아야 할 삶의 문제에 가까워질 수 있도록 그 길을 열어 주는 것이다.

우리 고전에는 우리가 알고 있는 것보다 훨씬 다양하고 많은 작품들이 있다. 조선시대에 접어들면서 나타나기 시작한 소설만 하더라도 거의 4백여 편에 이른다. 이 '일석이조, 우리 고전 읽기' 시리즈에서는 그 가운데 가장 널리 알려지고 '영원히 읽을 만한 가치가 있는' 작품, 그러면서도 재미라는 요소를 빼놓지 않고 갖춘 작품을 골랐다.

우리말의 8할 이상은 한자어로 이루어져 있다. 그만큼 한자는 우리 문화와 역사 속에 깊이 뿌리를 내리고 있다. 그러나 암기 위주의 한자 공부는 오히려 한자에 대한 관심과 흥미를 떨어뜨려, 한자를 싫어하고 기피하는 현상을 초래할 수 있다.

이 '일석이조, 우리 고전 읽기'에서는 누구나 재미있게 한자 공부를 할 수 있도록 잘 알려진 고전에 한자를 삽입하여, 고전을 읽는 가운데 자연스럽게 한자를 익히게 했다.

거기에다가, 앞서 읽은 작품의 내용을 되짚어보고 여러 면으로 다양하게 생각해 보는 논술로 고전 읽기를 확실하게 마무리하도록 했다. 이와 같은 논술 공부는 장래 대학입시, 더 나아가서는 사회 진출을 위한 입사시험을 보는 데도 도움이 될 것이다. 지금부터 착실하게 기초를 다진다면, 발등에 불이 떨어진 후에 논술 과외를 하는 등 시행착오를 겪지 않아도 될 것이다.

꿈은 이루어진다고 했다. 고전의 달인, 한자의 명수, 논술의 영웅을 꿈꾸며 이 책의 첫 장을 넘겨 보라.

● 이 책의 특징 및 구성 ●

❶ 이 시리즈는 고전 중에서도 초 · 중 · 고 교과서에 수록된 작품, 그중에서도 지루하지 않고 재미있는 작품을 우선적으로 골라 엮었다.

❷ 한자는 8급부터 3급에 해당하는 1,817자 가운데(중학생용 한자 900자 포함) 각 권당 기본한자 22~24자, 단어 100여 개를 실어, 책 한 권을 읽고 나면 최소 200자 정도의 한자를 익힐 수 있게 했다.

❸ 본문 중 어려운 낱말은 주를 달아 각 면 아래쪽에 풀이해 놓았다.

❹ 본문 중 기본한자에 해당하는 말은 광수체(예 : 행세), 한자 단어 및 한자에 해당하는 말은 고딕체(예 : 도)로 하고, 본문과 색깔을 달리하여 쉽게 구별할 수 있게 했다.

❺ 각 단원마다 두 면을 할애하여, 한 면에는 '핵심⁺'라 하여 작품의 구성, 내용, 저자, 시대적 배경 등 작품에 관계된 전반적인 사항을 다루고, 다른 한 면에는 본문 가운데 알아둘 필요가 있는 인명, 지명, 단어 등을 '알아두면 힘이 되는 상식'으로 풀이했다.
'호락호락 한자노트'로 각 면당 기본한자를 한 자씩 다루어, 부수, 총획수, 필순, 관련 단어, 사자성어, 파자, 속담 등 그 한자에 대한 모든 것을 한눈에 알 수 있게 했다.

❻ 책 말미 '부록'에서는 내용 되짚어보기, 논술로 생각 키우기, 한자능력검정시험 예상문제 등으로 작품에 대한 완벽한 이해와 함께 한자 실력 향상을 도모할 수 있도록 했다.

구운몽 차례

천하에 이름난 산이 다섯으로, 동악 태산, 서악 화산, 남악 형산, 북악 항산, 그리고 중악 숭산이 있어 이것이 이른바 *오악이다. 이 가운데 중원에서 가장 먼 형산은 남쪽에 구의산이 있고, 동정호가 북녘을 지나는데, 우뚝 솟은 일흔두 봉우리의 형세가 자못 험준하여 구름이라도 자를 듯하였다. 특히 가장 높은 축융·자개·천주·석름·연화의 다섯 봉우리는 거의 언제나 구름에 가려 있어 날씨가 맑은 날이 아니면 사람들은 그 모습을 볼 수가 없었다.

옛날에 *우임금이 홍수를 다스리고 이 산에 비를 세워 공덕을 기록하니 그 글이 숱한 세월을 넘어 아직 남아 있다. 또한 진나라 때 선녀 *위부인이 도를 깨치고 옥황상제의 명을 받아 선관과 선녀를 거느리고 이 산에 이르러 지키니 이른바 남악 위부인이다. 예로부터 이 산에는 신령스러운 자취가 많아 이루 다 적을 수가 없다.

당나라 때 한 노승이 서역 *천축국에서 중국에 들어왔다. 노승은 형산 연화봉 아래 띳집에 살며, *대승 불법을 펴 사람들을 가르치고 귀신을 제압하였다. 이에 서역의 불교가 널리 퍼졌으며, 부유한 사람은 재물을 바치고 가난한 사람은 힘을 내어, 산을 깎고 재목을 다듬어 큰 절을 지었다.

形 勢
모양형 형세세
6급 7획 4급 13획

• **오악(五岳)** : 중국 산동성의 태산(泰山), 섬서성의 화산(華山), 호남성의 형산(衡山), 하북성의 항산(恒山), 하남성의 숭산(崇山)의 다섯 유명 산을 말함.

• **우(禹)임금** : 중국 고대의 하(夏)나라를 세운 임금으로, 임금이 되기 전 요(堯)·순(舜) 두 임금을 섬겨 홍수를 다스리는 데 큰 공을 세움.

• **위부인(魏夫人)** : 진(晉)나라 사도 위서(魏舒)의 딸로, 신선이 되어 승천해 남악을 주재한다고 함.

• **천축국(天竺國)** : 옛날 중국에서 인도를 이르던 말.

• **대승(大乘)** : 불교의 한 종파로, 인간 구제와 성불(成佛)을 하나로 보고, 이를 열반에 이르는 길이라고 설파하는 교리.

빼어난 형산에 자리잡은 이 도량의 웅대함은 남녘에서 으뜸이었다. 노승은 다만 *《금강경》한 권을 지녔는데, 육관대사라 하였다.

대사의 육백 제자 가운데 성진이라는 자는 얼굴이 희고 정신이 가을 물같이 맑았다. 그는 나이 겨우 스물에 경문을 통달하지 않은 것이 없고, 지혜로움이 무리 가운데 뛰어났다. 대사가 극히 아껴 장차 그에게 *의발을 전하고자 하였다.

대사가 제자들과 더불어 법을 설할 때면 동정호의 용왕이 노인의 모습으로 법석에 나와 설법을 듣고는 하였다. 어느 날 대사는 제자들을 모아놓고 말하였다.

"내 늙고 병들어 *산문을 나서지 못한 지 십여 년, 너희 중 누가 나를 위하여 수궁에 들어가 용왕께 감사함을 전하고 올꼬?"

성진이 가기를 청하여 대사의 허락을 받고, *육환장에 가사를 걸치고 동정호를 향해 길을 떠났다.

그 뒤 문을 지키는 도인이 들어와 대사께 아뢰었다.

"남악 위부인께서 보낸 여덟 선녀들이 문밖에 이르러 있습니다."

대사가 들여보내라고 하여, 팔선녀들은 차례로 들어와 절하고 위부인 말씀을 전하였다.

"대사께서는 산 서쪽에 계시고 저는 산 동쪽에 있어 서로 접해 있지만, 한 번도 설법하시는 자리에 나아가지 못하였습니다. 이제 시비들을 보내어 대사께 문안드리고, 아울러 신선들의 과일과 칠

經 文
지날경 글월문
4급 13획 7급 4획

• 《금강경(金剛經)》 : 불경 《금강반야바라밀경》의 준말. 대승 불교에서 중요하게 여기는 경전.

• 의발(衣鉢) : 가사와 바리때로, 의발을 전하는 것은 스승이 제자에게 법통을 전한다는 뜻.

• 산문(山門) : 산의 어귀. 절 또는 절의 바깥문.

• 육환장(六環杖) : 중이 짚는 고리가 여섯 개 달린 지팡이.

보, 비단으로 작은 정성을 표합니다."

그리고는 각기 가져온 선과와 보패를 대사에게 바쳤다. 대사는 이를 제자들에게 주어 부처께 공양하게 하고, 팔선녀를 후하게 대접하여 감사의 인사와 함께 돌려보냈다. 대사께 하직하고 절 문 밖으로 나온 팔선녀들은 의논하였다.

"남악 형산의 물줄기 하나, 작은 언덕 모두 우리 세계이더니, 육관대사가 도량을 연 후 경계가 나뉘어, 가까이 두고도 즐기지 못한 지 오래이다. 오늘 위부인의 명을 받들어 여기 왔음은 다시 없는 기회. 더구나 봄빛이 밝으니, 봉우리에 올라 이 좋은 때를 즐김이 어떠한가?"

팔선녀 모두 기뻐하며, 서로 손을 잡아끌며 산길을 올랐다. 마침내 연화봉 위 폭포의 근원까지 보고 물줄기를 따라 산길을 내려오던 팔선녀들은 돌다리를 만나 잠깐 앉아 쉬었다.

때는 바로 춘삼월이었다. 주위 숲에는 꽃들이 만발하고 멀리 구름과 안개가 흰 비단을 펼쳐놓은 듯한데, 골짜기에서는 봄새들이 다투어 지저귀어 마치 *생황을 연주하는 듯하였다. 이렇듯 화창한 봄기운이 사람의 마음을 설레게 하였다.

팔선녀들도 자연 마음이 들떠 흐르는 계곡물을 굽어보니, 여러 골의 물줄기가 모여들어 맑은 연못을 이루고 있었다. 그 물이 하도 맑아 *광릉에서 새로 만든 거울인 듯 곱게 단장한 모습이 비치

世界
인간세 지경계
7급 5획 6급 9획

• 생황(笙簧) : 아악에 쓰이는 관악기의 하나.

• 광릉(廣陵) : 강소성에 있는 좋은 거울의 산지.

어 그대로 한 폭의 미인도였다. 그들 스스로 아름다운 제 그림자를 사랑하여 이내 일어나지 못하고 해 저무는 줄을 알지 못하였다.

이때, 성진은 동정호에 이르러 물결을 헤치고 수정궁으로 향했다. 용왕은 몸소 문무백관을 거느리고 궁문 밖에 나와 대사의 사자 성진을 맞았다. 성진이 정중하게 대사의 말씀을 전하니, 용왕은 거듭 사례하고 잔치를 베풀었다. 성진이 보니 다 인간의 음식이 아니요 하늘의 과일이요 진귀한 요리였다.

용왕이 친히 잔을 들어 권하는데 성진은 굳이 사양하였다.

"술은 마음을 흐리게 하는 *광약으로, *불가에서 크게 경계하는 바 감히 받들지 못합니다."

"술을 금하는 불가의 *오계를 내 어찌 모르리오. 허나 이 술은 인간 세상의 광약과는 다르오. 사람의 기운을 화창하게 할 뿐, 마음을 방자하게 하지는 않으니 그대는 사양하지 마오."

성진이 거듭되는 용왕의 권함에 더는 사양하지 못하고 연이어 삼배를 기울였다.

이윽고 용왕께 하직하고, 성진은 연화봉을 향하였다. 곧 산 밑에 이르니 자못 취기가 올라 눈앞이 어지러우매 걸음을 멈추며 생각하였다.

'스승님이 내 얼굴빛을 보면 어찌 꾸짖지 아니하시리요?'

성진이 손으로 계곡물을 움켜 얼굴을 씻는데, 그때 있는 듯 없는

設
베풀 설
4급 11획

• 광약(狂藥) : 사람을 미치게 하는 약이란 뜻으로, 술을 말함.

• 불가(佛家) : 불교를 믿는 사람, 또는 그 사회로, 절을 나타내기도 함.

• 오계(五戒) : 불가에서 지켜야 할 다섯 가지 계율로, 불살생(不殺生)·불투도(不偸盜)·불사음(不邪淫)·불망언(不妄言)·불음주(不飮酒) 등.

듯 희미하면서도 짙은 미묘한 향이 코끝에 스쳐왔다.

'계곡 상류에 어떤 꽃이 있어 향이 이러한가. 내 반드시 그 꽃을 찾고야 말리라.'

계곡을 따라 오르던 성진은 팔선녀들이 앉아 쉬고 있는 돌다리에 이르렀다. 곧 육환장을 내려놓고 두 손 모아 합장하며 공손히 말하였다.

"보살님들, 잠깐 소승의 말을 들으십시오. 소승은 연화 도량 육관대사의 제자로 스승의 명으로 산을 내려갔다가 돌아오는 길입니다. 좁은 돌다리에 보살님들이 앉아 계시니 비켜 갈 길이 없습니다. 잠깐 *연보를 떼어놓아 소승에게 길을 틔워주십시오."

"옛날에 달마존자는 갈대잎을 타고 물을 건넜다 합니다. 스님이 진실로 육관대사의 제자라면, 작은 계곡을 건너지 못하여 어찌 아녀자와 더불어 길을 다투십니까?"

성진이 웃으며 대답하였다.

旅
나그네 려
5급 10획

"살피건대 보살님들께서 나그네에게 길 값을 받으려 함인 듯, 마침 지니고 있는 구슬 여덟 개를 길 값으로 드리겠습니다."

복숭아꽃 한 가지를 꺾어 팔선녀 앞에 던지니 네 쌍의 꽃들이 변하여 영롱한 여덟 개의 구슬이 되었다. 그 구슬을 받아 가진 팔선녀들은 성진을 돌아보며 환하게 웃고는 곧 몸을 일으켜 솟구치더니 구름을 타고 사라졌다.

• 연보(蓮步) : '미인의 걸음걸이'를 이르는 말.

성진이 돌다리 위로 나아가 사방을 둘러보니 팔선녀의 모습은 없고, 상서로운 구름이 흩어지며 향까지 사라졌다.

雲
구름 운
5급 12획

성진이 서성이며 마음을 진정치 못하다가 마침내 절로 돌아와 육관대사에게 용왕의 말씀을 전하였다. 대사가 다 듣고 나서 늦게 돌아옴을 꾸짖으니, 성진이 공손하게 말하였다.

"용왕이 간곡하게 붙들어 차마 서둘러 일어나지 못하매 자연 돌아오는 길이 늦어졌습니다."

대사는 다시 묻지 않고 그만 물러가 쉬라고 하였다.

성진이 제 거처로 돌아와 홀로 앉으니, 곧 팔선녀의 옥구슬 같은 목소리가 귀에 쟁쟁하고, 꽃같이 고운 모습이 눈에 선하였다. 그치지 않는 망상에서 헤어나지 못하며 생각하였다.

'세상에 남아로 생겨나면, 어려서 공자와 맹자의 글을 읽고 자라서는 요임금 · 순임금 같은 성군을 섬겨, 나아가니 삼군의 장수요 들어와서는 *백관의 으뜸. 그리하여 몸에는 비단옷을 두르고 허리에는 *자수를 늘이며, 당대의 영화를 누리고 공명의 자취를 후세에 전하는 것이 대장부의 떳떳한 일 아닌가. 슬프다! 불가에는 한 바리 밥과 한 잔의 물, 두어 권의 경문에 백팔염주뿐이니, 비록 그 도가 높다 하나 적막하기 그지없다. 수행에 힘써 마침내는 대사의 도를 이어받아 *연화좌에 앉을지라도 *삼혼구백이 한번 불꽃 속에 흩어지면 뉘라서 내가 세상에 났던 줄을 알리오.'

밤이 깊어 성진이 눈을 감으니 팔선녀들이 앞에 있다. 깜짝 반가워 눈을 뜨니 그 모습 간 데 없다. 이에 이르러 성진은 크게 깨달았다.

'불가의 공부는 마음을 맑고 바르게 하는 것이 으뜸이다. 내 절에 들어온 지 십년, 일찍이 작은 허물도 없더니, 이제 망상이 이렇듯 심하매 이 어찌 앞날을 그르치는 일이 아니리.'

성진은 향을 피우고 백팔염주를 헤아리며 참회하였다. 그때 갑자기 문 밖에서 동자가 불렀다.

修行
닦을수 다닐행
4급 10획 6급 6획

• 백관(百官) : 모든 관부(官府)를 아울러 가리키는 말.

• 자수(紫綬) : 정3품 당상관 이상의 관원이 차던 호패의 자색 줄.

• 연화좌(蓮花座) : 불상을 안치하는, 연꽃 모양으로 만든 대좌(臺座).

• 삼혼구백(三魂九魄) : 사람의 몸 가운데 있는 혼백을 모두 일컫는 말.

"사형은 잠자리에 드셨습니까? 스승님께서 부르십니다."

성진이 크게 놀라 벌떡 일어났다.

'깊은 밤에 부르시니 반드시 무슨 까닭이 있다.'

서둘러 동자와 함께 대사의 처소에 이르렀다.

육관대사는 제자들을 모아놓고 앉아 있었는데, 엄숙한 분위기에 촛불만 밝게 펄럭였다.

대사는 성진이 들어서자마자 크게 꾸짖어 말하였다.

"성진아, 네 죄를 아느냐!"

성진이 급히 꿇어앉으며 대답하였다.

"제가 스승님을 섬겨온 뒤로 십여 년이 지났지만 불손한 적이 없는데, 어찌 이리 엄히 나무라십니까. 감히 감추려 하겠습니까마는 실로 제 죄를 알지 못합니다."

"수행에 소중한 세 가지가 있으니, 곧 몸과 말과 뜻이다. 네 용궁에서 술을 마셨으며, 돌아오다가 돌다리 위에서 팔선녀와 더불어 희롱하였고, 그 후에도 마음을 바로잡지 못하다가 마침내는 세상의 부귀에 끌려 불가의 적막함을 싫어하니, 이 바로 세 가지 지켜야 할 바가 일시에 무너짐이다. 이제 너는 더 이상 여기에 머물 수 없다."

성진이 머리를 조아려 울며 호소하였다.

"스승님, 진실로 제게 죄 있음을 알았습니다. 그러하오나 용궁에서 술을 마심은 주인의 간절함을 이기지 못함이요, 돌다리에서 팔선녀들과 말로 수작함은 길을 빌리고자 함이었지 다른 뜻은 없었습니다. 돌아와 망상에 사로잡혔으나 곧 알아채고 마음을 바로잡는 중, 다른 죄는 없습니다. 어찌 이리 내치십니까? 제게 스승님은 부모님, 연화 도량을 버리고 어디로 가라 하십니까?"

"나는 네 마음에 가고자 한 데로 가게 할 뿐이다. 네가 진실로 여기에 머물고자 하는데 누가 너를 가게 하겠느냐? 네가 '어디로 가라 하십니까?' 하고 묻는다만, 언제나 그렇다. 네가 가고자 하는 곳이 바로 네가 돌아갈 곳이니라."

대사 문득 크게 소리를 질렀다.

"*황건역사는 어디 있는가?"

기다렸다는 듯 공중으로부터 신장이 내려와 대사 앞에 섰다.

"이 죄인을 끌고 풍도 지옥에 가서 염왕에게 넘기도록 하라."

대사는 말을 잇지 못하고 눈물만 흘리는 성진에게 위로의 말을 하였다.

"마음이 맑지 않으면 비록 산중에 있어도 능히 도를 이루지 못하고, 근본을 잊지 아니하면 비록 열 길 티끌 세상에 떨어질지라도 반드시 돌아올 날이 있도다. 네가 이곳에 돌아오고자 마음먹으면 내가 몸소 가서 데려올 터이니, 이제 의심치 말고 떠나도록 하라."

성진이 눈물을 닦고 부처님과 대사 앞에 절하여 하직하고 황건

雖
비록 수
3급 17회

• 황건역사(黃巾力士) : 지옥을 다스리는 염왕의 사자로, 힘이 센 신장(神將).

역사를 따라 저승을 향하였다.

풍도 지옥의 성문을 지키던 귀졸이 어디서 왔느냐고 물었다. 황건역사가 대답하였다.

"육관대사의 명을 받들어 죄인을 데려왔소."

귀졸이 성문을 열어주었다. 염라전에 이르니 염왕이 성진을 가리키며 말하였다.

"그대 머지않은 미래에 큰 도를 이루어 연화좌에 오르면 천하 중생이 은덕을 입을까 하였더니, 그대 무슨 일로 이곳에 이르렀는가?"

성진이 부끄러워 멈칫거리며 고하였다.

"수행이 깊지 못하매, 길에서 남악 선녀를 만나 한때 마음에 거리낌이 일었습니다. 그로 하여 스승께 죄를 얻어 왔습니다. 대왕의 명을 기다릴 뿐입니다."

염왕이 더 묻지 않고 성진의 죄를 정하려 할 때 다시 귀졸이 들어와 아뢰었다.

"육관대사의 명을 받아 황건역사가 여덟 죄인을 데려왔습니다."

이윽고 남악 팔선녀들이 끌려와 섬돌 아래 무릎을 꿇었다.

염왕이 사자 아홉을 부르더니 분부하여 성진과 팔선녀를 곧장 인간 세상으로 보냈다.

한 사자가 이끄는 대로 성진은 바람에 휘말려 이리저리 떠가다가 한 땅에 닿았다. 놀라 정신을 가다듬고 눈을 들어 둘러보니, 울창한 푸른 산이 둘러 있고 맑은 시내가 흐르고 있었다. 나무숲 사이로 언뜻언뜻 보이는 울타리 두른 초막집의 지붕이 몇 안 되는 작은 마을이었다.

사자는 한 집에 이르러 성진을 문 밖에 세워두고 안으로 들어갔다. 이웃에서 주고받는 말소리가 들려왔다.

"양처사 부인이 오십에 태기가 있더니, 진통이 시작된 지 오래인데 아직 아이 울음소리가 나지 않네."

"그래, 정말 걱정스러운 일이야."

이윽고 사자가 나와 손짓하여 불렀다.

"당나라 회남 땅 수주현에 있는 양처사 집으로, 처사는 너의 아버지요 유씨는 어머니이다. 전생의 인연으로 이 집 아들이 되었으니 속히 들어가 좋은 때를 놓치지 말라."

사자가 안으로 들어가기를 재촉하는데 성진은 멈칫거렸다. 순간 사자가 세차게 등을 밀치는 바람에 엎어지고 뒤집어지며 천지를 분별치 못하고 크게 부르짖었다.

"사람 살려!"

부르짖음은 목구멍에 걸려 소리를 이루지 못하고, 터져 나온 것은 다만 갓난아이의 우렁찬 첫 울음소리였다.

이후 성진은 주리면 먹고 배부르면 놀면서 무럭무럭 자랐다.

인간 세상의 세월은 물 흐르듯 하여 아이의 나이 어느새 열 살이 되었고, 이름을 소유라 하였다. 그 뒤 어느 날 양처사가 유씨에게 말하였다.

"나는 본래 세상 사람이 아니나, 부인과 더불어 세상의 인연이 있어 머물러 있었소. 봉래산 신선 친구가 나를 부른 지 이미 오래나 부인의 외로움을 염려하여 가지 못하였소. 이제 하늘이 도와 영특한 아들을 얻었으니, 부인 의지할 곳이 생겼고 늙어서도 영화와 부귀를 누릴 것이오."

한번 떠난 뒤로 양처사는 가끔 바람결에 글월을 보내오고는 하더니, 언젠가부터 그의 소식은 끊어져 버렸다.

己
이미이
3급 3획

핵심+ 구운몽의 주제

김만중의 고전소설 〈구운몽〉에는 유·불·선 3교의 요소가 두루 들어 있다. 그러나 그 주제는 대승불교의 중심 경전인 〈금강경〉의 '공관(空觀)'으로 볼 수 있다. 공관은 언뜻 세상 모든 것을 헛것[空]으로 부정하는 듯하지만, 이 모두를 역설적으로 받아들이는 데 있다. 이 소설 마지막 대목에서 육관대사의 말 "……성진과 소유, 누가 꿈이며 누가 꿈이 아니냐?"는 말에서 짐작할 수 있듯 〈구운몽〉은 〈금강경〉의 주제를 소설화한 작품이라고 할 수 있다.

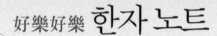 好樂好樂 **한자 노트**

道 길도 | 총 13획 | 부수 辶 | 7급

인간이 갈 '길'이나 살아갈 때 으뜸되는 도리를 뜻하는 글자이다.

道家(도가) : 중국 선진시대 이래 노장(老莊)의 무위자연 사상을 따르던 학자를 통틀어 이르는 말.

道德(도덕) : 사람으로서 마땅히 지켜야 할 도리.

道力(도력) : 도를 깨달아 얻은 능력.

道路標識(도로표지) : 교통의 안전·편리를 위하여 길가에 세운 표지.

내가 찾은 사자성어

길도 배울학 임금군 아들자

道學君子
도   학   군   자

내용 》 도학을 닦아 덕이 높은 사람.

달마존자(達磨尊者)

중국 남북조시대의 승려로, 천축국(남인도)에서 중국에 와 불교를 전하고 선종의 제일조가 되었다. '보리달마'라고도 하는 그의 생애는 '갈댓잎을 타고 물을 건넜다'는 등 설화적 이야기로 전해 온다. 어느 날 그는 선정 중에 잠들어 버린 자신의 눈꺼풀을 잘라 버렸는데, 그 눈꺼풀이 땅에 떨어져 자라서 최초의 차나무가 되었다고 한다. 선사들이 선정 중에 깨어 있기 위해 차를 마시는 것에 대한 이야기이다. 그의 생애에 대한 이야기는 대개 설화적이다. 이 전설은 선사(禪師)들이 선정 중에 깨어 있기 위해 차를 마시는 것에 대한 전통적인 근거를 제시해 준다.

날생 | 총 5획 | 부수 生 | 8급

싹이 땅을 뚫고 나오는 모양을 본뜬 글자이다.

生家(생가) : (어떤 사람이) 태어난 집.
生母(생모) : 낳은 어머니.
生日(생일) : 태어난 날, 탄생일.
生物學(생물학) : 생물의 기능·구조·발
　　달·분포 및 생명 현상 전반을 연구하는
　　자연과학의 한 분야.
生年月日(생년월일) : 태어난 해와 달과 날.

내가 찾은 속담

하루 죽을 줄은 모르고 열흘 살 줄만 안다

≫ 언제 죽을지 모르는 덧없는 세상에서 자기만은 오래 살 것처럼 행동하는 사람을 이르는 말.

2 '양류사'로 맺은 인연 진채봉

太 守
클태 지킬수
6급 4획 4급 6획

• 천거(薦擧) : 인재를 어
떤 자리에 쓰도록 추천함.

• 반악(潘岳) : 진(晉)나라
문인. 뛰어난 용모로 장안
여인들의 사랑을 받음.

• 청련(青蓮) : 당나라 시인
이백(李白)의 아호. 자는 태
백(太白), 시선(詩仙), 이적
선(李謫仙)이라고도 함.

• 연허(燕許) : 당나라 때
의 문인 연국공(燕國公 張
說)과 허국공(許國公 蘇
挺)을 함께 일컫는 말.

• 종요(鍾繇) : 위(魏)나라
의 서예가.

• 왕희지(王羲之) : 진(晉)
나라의 서예가로, 서체를
예술적 영역에까지 끌어
올려 서성(書聖)이라 불림.

• 제자백가(諸子百家) : 중
국 춘추시대 말기부터 전
국시대에 걸친 여러 학파
를 가리킴.

• 병서(兵書) : 병법에 대
하여 기록한 책.

양처사가 떠난 후 이삼 년의 세월이 흐르는 동안 소유의 뛰어난 재주와 총명함은 널리 소문이 났다. 마침내는 고을 태수가 신동이라 하여 양소유를 조정에 *천거하였다. 그러나 그는 어머니를 홀로 남겨 두고 떠나기 어려워 사양하고 나아가지 않았다.

양소유의 나이 열네 살에 이르니 얼굴은 *반악 같고, 기상은 *청련 같으며, 문장은 *연허 같고, 필법은 *종요 · *왕희지 같았다. 아울러 *제자백가와 *병서 《육도》·《삼략》과 창 쓰고 칼 쓰는 법이 귀신같이 능숙하였다.

양소유가 하루는 어머니에게 고하였다.

"아버님께서 신선계로 돌아가실 때 당부하셨습니다. 어려운 집안 형편에 어머님께서 고생하시고, 또 제가 세상 공명을 구하지 아니하면 가문을 빛내지 못하니, 이는 아버님께서 바라시던 바를 어기는 일, 지금 나라에서 과거를 베풀어 인재를 뽑는다 하니, 과거보러 잠시 슬하를 떠날까 합니다."

유씨는 아들의 뜻이 쉽게 내려진 것이 아님을 알았다. 그래서 아직 어린데 먼 길이 걱정되고 길어질 헤어짐 또한 염려되었으나, 허락하였다.

어머니와 작별한 양소유는 나귀를 타고 동자와 함께 길을 떠났다. 여러 날 만에 화주 땅 화음현에 이르니, 장안이 가까워서인지 산천이 화려하였다. 문득 보니 무성한 버드나무 숲 사이로 곱게 단청한 누각이 숨은 듯 모습을 드러냈다. 그윽한 그 모습에 홀린 듯 양소유는 나귀에서 내려 다가갔다. 푸른 비단처럼 늘어져 하늘거리는 버들이 머리를 감고 빗질하는 아름다운 여인 같아 가히 구경할 만하였다.

丹 靑
붉을단 푸를청
3급 4획   8급 8획

양소유는 버들가지를 휘어잡고 감탄하며 '양류사'를 지어 읊어 나갔다.

버들잎 푸르러 고운 비단결
늘어진 가지 그림 같은 누각에 드리우네.
그대 이 버들 열심히 가꾸심은
곱고도 아름다워서이리.

버들은 어찌하여 이리 푸른가.
늘어진 가지 기둥을 스치는데,
그대여 부질없이 꺾지 말라.
이 나무가 이리도 다정하도다.

시 읊는 소리가 맑고 쟁쟁하여 쇠를 치고 돌을 치는 듯한데, 봄바람이 누각 위로 실어 올렸다. 마침 누각 안에서 낮잠에 취해 있던 옥같이 아름다운 여인이 깜짝 놀라 깨어났다. 베개를 밀치고 창을 밀어 열고는 난간에 의지하여 밖을 내다보다가 양소유와 눈이 마주쳤다. 그 여인, 구름 같은 머리가 귀밑까지 드리워 있고, 아직 잠에서 덜 깬 눈은 몽롱하여 더욱 아름다웠다. 두 사람은 물끄러미 바라볼 뿐, 한 마디 말도 건네지 못하였다.

그때 동자가 와 양소유에게 *객점에 저녁이 준비되었음을 알렸다. 순간 여인은 창을 닫아버렸다. 양소유는 그저 멍하니 빈 누각을 올려다보는데, 그윽한 향기가 코끝을 감돌았다.

이 여인의 성은 진씨요, 이름은 채봉으로, 진어사의 딸이었다. 일찍이 어머니를 여의고 형제도 없이 혼자 아버지를 모시고 살았으며 아직 결혼 전이었다. 아버지 진어사는 벼슬살이로 황성에 가 있어 혼자 집을 지키고 있었다. 지금 뜻밖에 양소유의 풍채와 재주에 마음을 빼앗긴 채봉은 생각하였다.

'여자가 장부를 따르는 것은 중요한 일, 일생의 영화와 욕됨이 모두 이에 달려 있다. 옛날 *탁문군은 과부라도 오히려 *사마상여를 따르지 않았는가. 지금 처자의 몸으로 스스로 배필을 청하는 어려움을 피할 수는 없지만, 그분이 사는 곳을 모르고, 성명조차 묻지 않았으니, 후에 아버지께 말씀드려 매파를 보내려고 해도 동서남북 어디 가서 찾는단 말인가?'

屋
집 옥
5급 9획

• 객점(客店) : 여행객이 묵어가는 집.

• 탁문군, 사마상여 : 35쪽 '탁문군(卓文君)과 사마상여(司馬相如)' 참조.

채봉은 지체치 않고 *화전을 꺼내 두어 줄 쓰더니 유모에게 주며
말하였다.

"객점에 가 이 누각 아래서 '양류사'를 읊은 선비를 찾아서 전해
주어야 해요. 내가 인연을 맺어 일생을 의지하고자 한다고 전하되,
유모는 삼가고 또 삼가 허술함이 없도록 하세요. 부디 친히 전해 주
어요."

"삼가 아가씨의 말대로 한다 해도, 나중에 어르신이 노하여 물으
시면 어찌합니까?"

"그때는 내가 알아 하겠어요."

"그 선비가 이미 배필을 맞았거나 정하였으면 어찌합니까?"

채봉은 한동안 생각하다가 말하였다.

"불행히도 그분이 배필을 정하였으면 나는 부실이 된다 해도 꺼
리지 않아요."

유모는 객점으로 가 '양류사'를 읊은 선비를 찾았다. 이때 양소유
는 객점 밖으로 나왔다가 듣고 의아해하며 유모에게 다가가 물었다.

"'양류사'는 내가 읊었는데, 무슨 일로 찾습니까?"

유모가 양소유의 모습을 한번 보고는 다시 의심하지 않고 말하
였다.

案 內
책상안 안내
5급 10획 7급 4획

"여기서 드릴 말씀이 아닙니다."

양소유가 유모를 객점 방으로 안내하여 자리 잡은 뒤 다시 물었

• 화전(花箋) : 시나 편지
따위를 쓰는 좋은 질의
종이.

다. 그러자 유모가 되물었다.

"선비께서는 '양류사'를 어디서 읊으셨습니까?"

"나는 먼 곳 사람으로 지나가다가 마침 한 누각 앞 버드나무의 봄빛이 볼 만하여 시 한 수를 읊었소이다. 그런데 어찌 그걸 묻습니까?"

"선비께서 그때 누구를 보셨습니까?"

"마침 하늘의 선녀가 누각에 내려와 있었소. 그 아리따운 모습과 기이한 향내가 지금도 생생하오."

"이제 바로 말씀 드리겠습니다. 그 집은 진어사 댁이요, 처자는 우리 아가씨입니다. 아가씨가 총명하고 눈이 밝아 사람을 잘 알아보는데 잠깐 선비를 보고는 일생을 의지하고자 하십니다. 허나 어사께서 지금 황성에 계시니 명을 기다렸다가 이후에 매파를 통하려 해도 선비께서 떠난 후에는 찾을 길이 없지 않습니까. 사시는 곳과 성명, 혼인 여부를 알아보라고 이 늙은이를 보냈습니다."

유모의 말을 듣고 양소유가 크게 기뻐하며 말하였다.

"아가씨의 *청안에 들었다 하니 기쁘고 감사하오. 내 성은 양씨, 이름은 소유, 초나라 사람입니다. 아직 배필은 정하지 못하였고, 집에 늙으신 어머니가 계시니 혼인의 예는 아뢰어 정해야겠지만, 언약이라면 지금 하겠소. '화산이 길이 푸르고 위수의 흐름이 그치지 않듯' 이 마음 변치 않겠소."

靑 眼
푸를청 눈안
8급 8획 4급 11획

● 청안(靑眼) : 달갑게 여기거나 환대하는 것. 백안(白眼)의 반대.

유모 또한 기뻐하며 소매에서 작은 봉투를 꺼내 양소유에게 건네주었다. 열어 보니, '양류사' 한 수가 적혀 있었다.

누각 앞에 버드나무 심은 것은
낭군의 말을 매어 머물게 하려 함이니,
어찌 버들을 꺾어 채를 만들어
재촉해 *장대 길로 가려 하시는지?

柳
버들류
4급 9획

양소유가 다 읽고 나서 탄복하여 말하였다.
"그 옛날 시 잘하던 *왕우승과 *이학사라 해도 이에 미치지는 못하리."
즉시 시 한 수를 내려쓰더니 유모에게 주었다.

버들가지 천만 실이 되어
실오리마다 마음을 맺었으니,
바라건대 *월하의 줄을 만들어
즐거운 봄소식을 맺을까 하오.

유모가 받아 품속에 넣고 객점을 나서려는데, 양소유가 불러 세우고 말하였다.

• 장대(章臺)∶ 전국시대 진(秦)나라의 궁전 이름으로 여기서는 '황성 길'을 뜻함.

• 왕우승(王右丞) : 왕유(王維). 중국 당나라의 시인 겸 화가.

• 이학사(李學士) : 당나라 시인 이백(李白).

• 월하(月下) : 월하노인(月下老人)의 준말. 남녀의 인연을 맺어준다는 전설상의 노인.

"아가씨는 진나라 사람이요, 나는 초 땅에 있어 한번 헤어지면 서로 소식 통하기가 어렵소. 더구나 이 일을 맡은 중매도 없으니, 내 믿고 의지할 곳이 없소이다. 오늘밤 달빛을 타고 서로 만남이 어떠할지 아가씨께 여쭈시오."

유모는 잠자코 돌아가더니 즉시 돌아와 채봉의 답을 전하였다.

"달빛 아래 만나자는 말씀을 전하였습니다. 아가씨가, '남녀가 혼례 전에 서로 만남은 예가 아닌 줄 알지만, 내 그대에게 의지코자 하는데 어찌 어기겠습니까? 그러나 밤에 만나면 의심을 받을 것이요, 아버지께서 아시면 반드시 그릇되다 하실 터이니, 밝은 날 만나 언약을 이룸이 어떠할까 합니다.' 하고 전하라 하십니다."

양소유가 듣고 감탄하여 말하였다.

"아가씨의 밝은 소견과 옳은 뜻은 나로서는 미칠 바가 아니오."

그날 객점에서 머무는데 양소유는 삼월의 밤이 유난히 긴 것을 안타까워하며 새벽 닭 울기를 기다렸다. 마침내 날이 밝는데, 갑자기 많은 사람들이 일시에 들끓는 듯하며 밖이 소란해졌다. 깜짝 놀란 양소유가 서둘러 밖으로 나와보니, 많은 사람들이 짐을 싸들고 달아나느라 길이 막히고, 서로를 찾으며 울부짖는 소리에 천지가 진동하였다. 지나가는 사람을 붙들고 그 까닭을 물었다.

扶
붙들 부
3급 7획

"황성에 변란이 일어났다 하오. 신책장군 구사량이란 자가 스스로 황제라 일컫고 군사를 일으켜 천자께서는 양주로 피하셨다고 하오. 반란군들이 닥치는 대로 민가를 약탈해 모두들 피란 가는 거라오."

잠시 후 양소유는 다른 사람에게 또 들었다.

"나라에서 함곡관을 닫아 출입을 금하고, 양민 천민 가리지 않고 군사로 보낸다고 하오."

양소유는 동자를 재촉하여 바라보이는 남전산 골짜기로 피란길을 서둘렀다. 깊은 골짜기를 지나 절정을 향해 오르는데, 좌우 경개를 살피는 중에 문득 절벽 위에 자리한 한 채의 초옥을 보았다. 흰 구름이 감돌아 흐르고 학의 울음소리가 드맑았다.

絶頂
끊을절 정수리정
4급 12획 3급 11획

양소유는 초옥에서 눈을 떼지 못하고 생각하였다.

'저런 곳이라면 분명 신선 같은 사람이 살고 있을 게다.'

바위 사이 돌길을 헤치며 초옥을 찾아 올라가니, 한 도인이 자리 위에 비스듬히 앉았다가 말하였다.

"피란길 떠나온 사람이시오?"

"네, 난을 피하여 왔습니다."

"혹시 그대는 회남 양처사의 아드님 아니신가? 매우 닮았도다."

양소유가 나아가 공손히 절한 뒤 눈물을 머금고 말하였다.

"네. 아버님과 헤어진 뒤 어머님과 살고 있습니다. 이번에 과거를 보려고 화음 땅에 이르렀는데, 난리를 만나 피해 왔다가 어르신을 뵈니, 이는 하늘의 뜻이 분명합니다. 엎드려 빕니다. 아버님은 어디 계시며 건강은 어떠하십니까? 부디 말씀해 주십시오."

도인이 웃으며 말하였다.

"그대의 아버지는 사흘 전에 자각봉에서 함께 바둑을 두었는데 평안하시니, 염려 마시게. 그대 여기에 머물러 길이 트인 후에 내려가도록 하시게나."

양소유가 눈물을 씻고 앉았는데, 도인이 벽 위에 걸린 거문고를 가리켰다.

"그대는 저 악기를 다룰 줄 아는가?"

"아직 스승을 만나지 못하여 배우지 못하였습니다."

도인이 동자에게 거문고를 가져오게 하더니 양소유에게 타보도록 하였다. 양소유는 '풍입송'이라는 곡을 연주하였다.

"손놀림이 활달하니 가히 가르칠 만하구나."

도인은 세상에 전하지 않는 옛 노래 몇 곡을 타기 시작하였다. 그 소리는 맑고도 부드러워 인간 세상에서는 듣지 못하던 바였다. 양소유는 본디 음률을 좋아하고 총명함이 뛰어나 한번 들은 곡을 그대로 연주해 냈다.

도인이 기뻐하며 양소유를 기특하게 여기더니, 이번에는 벽옥퉁소를 꺼내 한 곡 불었다. 양소유는 이번에도 능히 잘 따라 하였다.

"예로부터 *지음을 만나기는 매우 어려운 터, 이제 거문고와 퉁소를 그대에게 주니 잘 간수하시게. 뒷날 긴요하게 쓸 때가 있을 것

柔
부드러울 유
3급 9획

• 지음(知音) : 음악의 곡조를 잘 안다는 뜻으로, 서로 마음이 통하는 친한 벗을 말함.

이야."

양소유는 절하여 거문고와 퉁소를 받고 말하였다.

"제가 어르신을 만나뵙게 된 것은 아버님의 이끌어주심이요, 또 어르신은 아버님의 벗, 어찌 아버님과 다르겠습니까? 간절히 바랍니다. 어르신을 모셔 제자 됨을 허락해 주십시오."

朋
벗 붕
3급 8획

"인간의 부귀공명이 그대를 따르니 이는 피하지 못할 터. 어찌 나와 같은 늙은이를 따라 바위 틈에서 지낼 것인가? 더구나 마침내는 돌아갈 곳이 있으니, 다시 이를 바 없도다."

"어르신께서 저에 대한 인간 부귀를 말씀하시니, 잠깐 인간의 일을 여쭙습니다. 제가 화음 땅의 진씨 여자와 혼사를 의논하였는데, 이 혼사가 이루어지겠습니까?"

도인이 크게 웃고 나서 말하였다.

"어둡기가 밤 같으나, 어찌 천기를 미리 말할 수 있는가. 그대의 아름다운 인연은 곳곳에 있으니, 진씨만을 마음에 두지는 마시게."

그날 양소유는 도인을 모시고 잤다. 날이 미처 밝지 않았는데 도인이 양소유를 불러 말하였다.

"이제 길이 트였고 과거는 다음 봄으로 미루어졌네. *대부인께서 그대를 보내고 나서 밤낮으로 염려하며 문에 기대어 기다리시니 어서 돌아가시게."

양소유는 도인에게 절하여 하직하고 거문고와 퉁소를 챙겨 산

• 대부인(大夫人) : 남의 어머니를 높여 부르는 말.

아래로 걸음을 옮겼다. 문득 뒤돌아보니, 절벽 위 도인의 집은 흔적도 없고 흰구름만 떠돌고 있었다.

양소유가 어제 난을 피하여 산으로 들어갈 때는 버들이 성하였는데, 지금 바위 사이에 국화가 활짝 피어 있었다. 이상하게 여겨 지나가는 사람에게 물었더니 지금은 음력 팔월이라고 하였다.

전에 묵었던 객점에 가보니, 쓸쓸하기만 했다. 사람들은 천자가 여러 지방의 **병마**를 모아 다섯 달 만에 반란을 누르고, 과거는 내년 봄으로 미루어졌다고 하였다.

兵 馬
병사병 말마
5급 7획 5급 10획

양소유는 서둘러 진어사의 누각을 찾아갔다. 버들 숲은 그대로인데, 아름답던 누각은 불에 타 흔적도 없고, 주변의 집들은 황량하여 닭 우는 소리도 들리지 않았다.

양소유는 객점으로 돌아와 물었다.

"큰 길 건너 진어사의 가족은 난을 피해 어디로 갔소?"

주인이 탄식하여 말하였다.

"진어사가 역적 벼슬을 받았다 하여 처형된 뒤, 아가씨는 잡혀갔습니다. 죽었다고도 하고, 궁중 노비가 되었다고도 합니다. 오늘 아침에 죄 지어 노비가 된 가족들이 이 앞을 지나갔는데, 진씨 아가씨도 있었다고 하더군요."

양소유가 슬픔을 이기지 못하며 생각하였다.

'남전산 도인이 이 혼사는 어두운 밤 같다고 하더니, 아가씨는

죽었구나…….'

양소유는 고향으로 향하였다. 이때 유씨 부인은 난리로 세상이 어지러움을 듣고 염려하다가 돌아온 아들을 보고 내달아 붙들고는 죽었던 사람을 다시 본 듯하였다.

그 해가 지나고 새 봄이 되었다. 양소유가 다시 과거볼 뜻을 고하자, 유씨가 말하였다.

"지난 해 난리에 위태로움을 면하고 어미아들이 다시 만난 것은 하늘의 뜻이요, 또 네 나이 아직 어려 공명을 이루는 것은 그리 급하지 아니하나, 말리지는 않겠다. 네 나이 십육 세에 정혼한 데 없고, 여기는 궁벽한 곳, 너와 짝할 현숙한 처자를 찾기 어렵다. 황성 춘명문 밖 도교 사원 자청관의 두씨 성을 가진 *도관은 내 외사촌인데, 지혜 많고 도량이 평범치 않아 성안 재상가에 왕래하지 않는 데가 없다. 내가 편지를 써줄 테니, 보이도록 해라. 너를 위하여 어진 배필을 구해 줄 것이다. 부디 이 일에 유의해라."

양소유가 화음 땅 진씨 이야기를 하는데, 유씨가 한탄하여 말하였다.

"비록 아름답다 하나 인연이 없는 사람, 죽었기 쉽고 살았어도 만날 길 없으니, 마음을 끊고 아름다운 인연을 만나 어미의 바라는 마음을 이루도록 하라."

양소유가 절하여 어머니 유씨의 명을 받고 길을 떠났다.

留 意
머무를류 뜻의
4급 10획 6급 13획

• 도관(道冠) : 도교(道敎)를 닦는 도사, 도인.

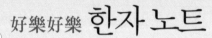

핵심⁺ 〈구운몽〉의 소설 유형과 구조

　　〈구운몽〉은 영웅의 일생을 그린 영웅소설이지만 투쟁성이 약화되어 있고 남녀의 만남이 큰 비중을 차지한다. 천상계에서 죄를 지은 주인공이 지상으로 떨어진 적강(謫降)소설로, 그 과정이 꿈으로 처리되어 있다. 몽유록계 소설인 〈구운몽〉은 환몽(幻夢)구조로, 주인공이 이룰 수 없는 입신양명과 부귀공명을 간절히 바라다가 극에 이르렀을 때, 그 바람이 꿈의 형상으로 드러나고 꿈에서 깨어남과 동시에 입신양명과 부귀공명의 헛됨을 깨닫는 것으로 마무리되는 '현실→ 꿈→ 현실' 이라는 골격을 유지한다.

好樂好樂 **한자 노트**

공로공 | 총 5획 | 부수 **力** | 6급

뼈가 휘도록 힘(力)껏 일하여(工) 이루어진 결과를 뜻하는 글자이다.

功德(공덕) : 공적과 덕행.
功力(공력) : 애써 들인 힘.
功勞(공로) : 어떤 일에 크게 이바지한 공력과 노력.
功名(공명) : 공을 세워 널리 알려진 이름.
功臣(공신) : 나라에 공로가 있는 신하.

내가 찾은 사자성어

공로공 지날과 서로상 반반
功過相半
공　　과　　상　　반

내용 ≫ 공로와 과실이 서로 반반임.

탁문군(卓文君)과
사마상여(司馬相如)

사마상여는 중국 전한시대의 문인으로, 자는 장경(長卿). 그는 뛰어난 거문고 연주로, 여류문인으로 그 무렵 홀로 된 부잣집 딸 탁문군을 유혹하였다. 탁문군은 그의 거문고 연주에 매료되어 스스로 집을 나와 따름으로써 그의 아내가 되었다. 사마상여의 작품으로는 '자허부(子虛賦)' 등 29편의 부와 4편의 산문이 남아 있다.

이름명 | 총 6획 | 부수 口 | 7급

어두운 밤(夕)에는 보이지 않아 구별짓기 위해 외쳐(口) 부르는 이름을 뜻하는 글자이다.

名句(명구) : 뛰어나게 잘 된 글귀. 유명한 문구.

名答(명답) : 매우 잘한 대답. 꼭 맞는 대답.

名利(명리) : 명예와 이익.

名不虛傳(명불허전) : (이름은 헛되이 전해지는 법이 아니라는 뜻으로) 명성이나 명예가 널리 알려진 데는 그럴 만한 실력이나 사실이 있음을 이르는 말.

내가 찾은 속담

이름이 좋아 불로초라

≫ 이름만 좋고 실속은 없음을 비유적으로 이르는 말.

길 떠난 지 여러 날 만에 양소유는 낙양 땅에 이르렀는데, 갑자기 소나기가 쏟아졌다. 비를 피하기 위해 남문 밖 주점으로 들어갔다.

주인에게 술을 청한 뒤 양소유는 거푸 술잔을 기울이며 생각하였다.

'낙양은 예로부터 제왕이 머무는 도읍지로, 번화한 땅이다. 지난해에 다른 길로 가느라 구경하지 못했는데, 이번만은 헛되이 지나치지 않겠다.'

양소유는 나귀를 타고 성안으로 들어갔다. 거리가 번화하고 화려하여 듣던 대로였다. *낙수는 도심을 지나 흰 비단을 펼친 듯한데, 그 곁에 천진교가 있었다. 물 위로 무지개를 비껴놓은 듯 붉은 용마루와 푸른 기와가 하늘에 솟아 있어 천하에 이런 *절경에 어울리는 집은 따로 없을 듯하였다.

瓦
기와 와
3급 5획

나귀를 채찍질하여 다가가니, 금안장을 올려놓은 준마들이 줄줄이 매여 있고 누각 위에서는 흥겨운 풍악이 울려 퍼지고 있었다. 누각 아래 이르러 물어보니 모두들 대답하였다.

"명문가의 귀공자들이 이름난 기생들을 데리고 봄맞이 잔치를 한답니다."

성밖 주점에서 마신 술기운을 이기지 못한 양소유는 나귀에서

• 낙수(洛水) : 섬서성을 흐르는 강.

• 절경(絕景) : 더할 나위 없이 좋은 경치.

내려 누각으로 올라갔다. 젊은 선비들이 미인 십여 명을 데리고 잔을 기울이며 이야기들을 나누는데, 태도가 당당하고 호탕하였다. 양소유의 풍채가 의젓하고 용모가 수려함에 예를 갖추어 서로 통성명하고 앉은 후 노씨 성의 선비가 물었다.

"차림을 보니 과거 보러 가시는군요?"

"그러합니다."

이번에는 왕씨 성의 선비가 말하였다.

"과거를 보려 한다면, 비록 청하지 않은 손이지만 오늘 모임에 참석해도 좋을 것 같소이다."

"오늘 자리에서는 술잔을 나눌 뿐 아니라, 문장을 다투는 듯합니다. 저는 *한미한 초나라 선비로 생각이 얕으니, 참여하는 것이 폐가 될까 염려스럽습니다."

선비들은 아직 어린 양소유의 겸손한 말투에 언뜻 쉽게 여겨 말하였다.

"양형은 뒤늦게 자리하였으니 글은 지어도 좋고, 짓지 않고 우리와 함께 술잔을 기울여도 좋을 듯하오."

그 말과 함께 잔 돌리기를 재촉하니 풍악이 다시 울렸다.

양소유가 눈을 들어보니 여러 기생들은 각기 악기를 다루는데, 한 미인만이 홀로 단정하게 앉아 있었다. 아름다운 자태가 하늘의 선녀가 내려온 것 같았다. 한 번 보고는 황홀해 다시 바라보는데 그

文 章
글월 문 글 장
7급 4획　6급 11획

• 한미(寒微) : 가난하고
문벌이 변변하지 못함.

미인의 앞에 글을 쓴 듯한 종이가 쌓여 있었다.

양소유가 여러 선비들을 둘러보며 말하였다.

"저 종이는 모두 형들의 귀한 글 아닙니까? 제가 한번 구경해도 될지요?"

선비들이 미처 대답하기도 전에 그 미인이 일어나 글들을 받들어 양소유 앞에 놓았다. 앞에 놓인 십여 장이 넘는 글들을 넘겨보는데, 그 가운데는 뜻이 좋고 흥취가 무르익은 글이 없지 않으나 대부분은 평범하였다.

'낙양에 인재가 많다 하더니 이제 보니 전혀 헛된 말이로다.'

이렇게 생각하며 양소유는 여러 선비들을 향하여 공손하게 말하였다.

"궁벽한 곳에 사는 미천한 선비로, 나라의 문장인 *귀공들의 글을 감히 읽을 수 있었으니 어찌 즐겁지 아니하겠습니까?"

여러 선비들은 이미 술이 거나하게 취하여 웃으며 말하였다.

"양형은 다만 글만 좋은 줄 알고 더욱 좋은 일이 있는 줄을 알지 못하는구려."

"제가 형들의 사랑함을 입어 함께 취하였는데 더욱 좋은 일을 어찌 말하지 아니하십니까?"

왕씨 성의 선비가 웃으며 말하였다.

"낙양은 예로부터 인재의 고장이라, 낙양 사람이 과거에 장원이

讀
읽을 독
6급 22획

• 귀공(貴公) : 같은 연배나 손아랫사람을 점잖게 부르는 호칭.

아니면 *방안, *탐화를 하여 왔소이다. 그래서 우리 모두 글로 헛된 명성을 들어왔으나 서로의 우열을 가리지는 못하였소. 저 미인의 성은 계요 이름은 섬월인데, 뛰어난 용모에 노래와 춤이 천하에 으뜸이요, 글을 알아보는 안목 또한 신통하오. 각자 지은 시를 모아 그 가운데 섬월의 눈에 들면 노래와 풍악에 맞추는 것으로 우열을 가립니다. 더구나 계섬월의 이름이 '달 속의 계수나무'와 통하여 이번 과거에서 장원한다는 길조로 여겨지니 그럴싸하지 않습니까. 양형 생각엔 어떻습니까?"

吉 兆
길할길 억조조
5급 6획 3급 6획

두씨 성의 선비가 나서며 말하였다.

"그뿐 아닙니다. 계랑이 노래하는 글의 주인은 오늘밤 꽃다운 인연을 이룰 것이니, 이 또한 흥취 있는 일. 양형도 남자, 흥이 있거든 글을 지어 우열을 다툼이 어떠하오?"

"그러하면 이미 지으신 형들의 글 가운데 계랑이 누구의 글을 취하여 읊었습니까?"

왕씨 선비가 대답하였다.

"아직 붉은 입술과 흰 이를 열지 않으니, 부끄러운 마음이 있어 그러한가 하오."

"저는 촌선비로 글도 잘 모르고, 두어 수 지어보았다고 하여도 어찌 형들과 재주를 다툴 만하겠습니까. 말도 안 됩니다."

양소유의 짐짓 사양하는 말에 왕씨 선비가 큰소리로 말하였다.

• 방안, 탐화 : 51쪽 '중국의 과거제도' 참조

"양형의 얼굴이 계집처럼 곱상하더니, 어찌 이리 장부의 기상이 없소이까? 성인께서 '어진 일로는 스승에게도 사양하지 않는다.' 하시고, 그러한 때는 '다투는 것이 곧 군자이다.' 고 하셨소. 글 지을 재주가 없다면 할 수 없지만, 아니라면 어찌 사양하오."

양소유는 다시 한번 섬월을 보고는 흥을 이기지 못하여 도전하고자 하였다. 즉시 종이와 붓을 들어 거침없는 필체로 순식간에 삼장의 시를 써내려갔다. 여러 선비들은 그의 손놀림이 민첩하고 필체가 힘참에 모두들 놀랐다.

양소유가 붓을 놓고 선비들을 둘러보더니 말하였다.

"먼저 형들의 가르침을 청하는 것이 마땅하나, 글 바칠 시각이 지나지 않았는지 두렵습니다."

즉시 시 쓴 종이를 계섬월에게 주었다. 섬월이 *추파를 들어 한번 내리읽더니, *단판의 한 소리와 함께 고운 목소리로 노래하기 시작하였다. 그 소리 하늘 드높이 울려 퍼지니 진나라의 쟁과 조나라의 거문고라도 미치지 못할 바였다. 갑자기 여러 선비들은 낯빛이 변하였다.

여러 선비들은 양소유의 글이 읊어지니 낙담하여 섬월만 쳐다보았다. 그리고 눈앞에 일어난 결과를 거절하기도 어렵고 받아들이기는 더욱 어려워 아무 말도 하지 못하였다.

그 모습에 양소유가 자리에서 일어나 여러 선비들에게 작별 인

結果
맺을결 과실과
5급 12획 6급 8획

• 추파(秋波) : 은근한 정을 나타내는 여자의 아름다운 눈짓.

• 단판(檀板) : 박자를 맞추는 목반(木盤) 악기의 일종.

사를 하였다.

"우연히 이 풍성한 잔치에 자리할 수 있어 형들께 감사합니다. 갈 길이 멀어 이만, 훗날 *곡강의 잔치에서 다시 만나 남은 정을 다하길 바랍니다."

양소유가 누각을 내려가는데, 아무도 말리지 않았다.

양소유가 나귀를 타려 하는데 계섬월이 뒤따라와 말하였다.

"다리 남쪽에 회칠한 담 밖으로 앵두꽃 핀 곳이 바로 제 집입니다. 먼저 가 기다리십시오. 곧 따라가겠습니다."

양소유가 머리를 끄덕이니, 계섬월은 즉시 누각에 올라 여러 선비들에게 말하였다.

"여기 계신 분들이 저를 더럽다 아니하시고 한 곡 노래로 연분을 정하셨습니다. 이제 어찌하면 좋겠습니까?"

여러 선비가 의논하여 말하였다.

"양생은 손님일 뿐, 우리와 약속한 바 없으니 어찌 거리낄 바 있겠는가?"

그 말을 듣더니 계섬월은 일어서며 다소곳하지만 단호한 태도로 말하였다.

"사람에게 신의가 없어도 옳은지 알지 못하겠습니다. 이 자리에 노래와 풍류가 부족하지 아니하니 남은 흥을 즐기십시오. 저는 몸이 불편하여 먼저 가보겠습니다."

橋
다리 교
5급 16획

• 곡강(曲江) : 장안에 있던 곳으로, 당나라 때 과거에 급제하면 이곳에서 연회를 베풀었음.

말을 마치고는 바로 누각에서 내려갔다. 그러나 그 기색에 아무도 만류하지 못하였다.

양소유가 객점에 머물다가 날이 저물어 계섬월의 집을 찾아가니, 섬월은 마루에 촛불을 켜고 기다리고 있었다. 반갑게 맞아 옥잔에 술을 부어 '금루의' 노래를 부르며 술을 권하니, 그 아리따운 자태와 고운 목소리가 사람의 간장을 끊어내었다. 마침내 두 사람은 서로 이끌어 *원앙금침을 함께하였다.

밤이 깊었는데, 계섬월이 눈물을 머금고 말하였다.

"이제 평생을 낭군께 의탁하였으니 제 사정을 잠깐 들어주십시오. 저는 소주 사람으로, 아버지가 이 고을 역의 관리였는데 세상을 버리셨습니다. 집안 형편이 어려운데다 고향이 멀어 집으로 모셔다 장사 지내지 못하여, 계모가 저를 백금을 받고 팔았습니다. 거스르지 못하고 이제까지 버텨왔는데, 하늘의 은혜로 낭군을 만나니 해와 달이 다시 밝은 듯합니다. 낭군께서 꺼리지 않으신다면, 낭군을 위하여 물 긷고 밥 짓는 종으로라도 따르고자 합니다. 낭군의 뜻은 어떠하십니까?"

"내 뜻이 어찌 계랑과 다르겠소만, 나는 가난한 서생으로 집에는 늙은 어머니가 계시오. 계랑과 함께하는 것은 어머니 뜻에 합당하지 않을 듯하오. 그렇다고 내가 처첩을 거느리는 것은 계랑이 즐기지 않을 일, 비록 계랑이 꺼리지 않는다 하여 천하에 널리 구한다

郡
고을 **군**
6급 10획

• 원앙금침(鴛鴦衾枕) : 원앙을 수놓은 이불과 베개로, 부부가 함께 씀.

해도 계랑의 *여군 될 숙녀를 만나기가 어디 그리 쉬운 일이겠소."

계섬월이 다시 말하였다.

"지금 천하의 재주 있는 이들 가운데 낭군께 미칠 사람이 어디 있습니까. 이번 과거에 반드시 장원하실 것이며, 승상의 *인수와 장군의 *절월 또한 오래지 않아 낭군께 돌아올 것이니, 천하 미인 가운데 누가 낭군을 아니 따르겠습니까? 또한 이 섬월이 어찌 감히 낭군의 사랑을 독차지하려 하리까. 낭군은 훌륭한 가문의 어진 아내를 취하신 후 저를 버리지나 마십시오."

"내가 지난해에 화음 땅을 지나다가 진씨 소저를 만났는데 용모와 재주가 계랑과 형제 될 만하였소. 그러나 불행하게도 이미 이 세상 사람이 아니니, 어디서 다시 어진 아내를 얻겠소?"

"그 처자는 진어사의 딸 채봉입니다. 진어사가 낙양 태수로 계실 때 만나보았습니다. 그 낭자 같은 용모와 재주는 말할 필요도 없지만, 이제는 속절없으니 더이상 생각지 마시고 다른 데에 구혼하십시오."

"예로부터 천하절색이 드물다 하거늘, 같은 때에 진낭자와 계낭자가 있으니 또 어디 가서 다시 구하겠는가?"

섬월이 웃으며 말하였다.

"낭군의 지금 말씀은 진실로 우물 안 개구리입니다. 이곳에 떠도는 말로 절색이 셋 있으니 강남의 만옥연이요, 하북의 적경홍이

求婚
구할求 혼인할婚
4급 7획 4급 11획

• 여군(女君) : 첩의 입장에서 정실(正室), 또는 부인의 높임말.

• 인수(印綬) : 재상의 관인(官印) 꼭지에 달린 인끈.

• 절월(節鉞) : 대장이 지니는 부절(符節 : 手旗)과 부월(斧鉞 : 큰도끼 작은 도끼)로, 살생권 및 지휘권을 상징함.

양소유, 계섬월과 만나다 | **43**

요, 낙양의 계섬월입니다. 제가 모처럼 허황된 이름을 얻었지만 만옥연과 적경홍은 진실로 절색입니다. 어찌 천하에 절색이 없다 하십니까?"

"그 두 낭자가 외람되이 계랑과 이름을 가지런히 하였구려."

"옥연은 먼 곳 사람이라 보지 못하였지만, 경홍은 저와 형제 같으니 말씀드리겠습니다. 경홍은 파주 양민의 딸로, 일찍 부모를 여의고 고모께 의탁하였는데 십 세부터 빼어난 미인으로 이름이 나 매파가 모여들었으나, 모두 물리쳤답니다. 경홍이 저와 함께 상국사에 놀러가, '우리 두 사람이 진실로 뜻하는 군자를 만나거든 서로 천거하여 함께 섬기자.' 고 했습니다. 경홍은 산동 *제후의 궁에 있으니, 비록 부귀로우나, 이는 경홍이 바라던 바가 아닙니다."

이렇게 이야기를 주고받는 동안 닭이 울고 날이 샜다.

"여기는 낭군께서 오래 머물 곳이 아닙니다. 혹여 어제 *공자들이 품은 앙심이 화가 될까 두렵습니다. 앞으로 모실 날이 있을 것이니 지금 떠나심을 슬퍼 마십시오."

두 사람은 눈물을 뿌리며 헤어졌다.

여러 날 만에 황성에 이른 양소유는 쉴 곳을 정하고 나서 아직 과거 볼 날은 멀고 하여 주인에게 물었다.

"자청관이 어디에 있소이까?"

"춘명문 밖에 있습니다."

秀
빼어날수
4급 7회

• 제후(諸侯) : 봉건시대에 군주로부터 받은 영토와 그 영내에 사는 백성을 다스리던 사람.

• 공자(公子) : 지체 높은 집안의 젊은 자제.

양소유는 즉시 예단을 갖추어 어머니의 외사촌 자매인 두연사를 찾아갔다. 그녀는 나이 육십이 넘었는데 계율을 잘 닦아 자청관의 으뜸 *여도관이 되어 있었다.

양소유가 두연사에게 절하고 나서 어머니의 편지를 전하였다. 연사는 그 편지를 보고는 눈물을 흘리며 말하였다.

"내가 그대의 어머니와 이별한 지도 벌써 이십 년이니, 세월이란 실로 흐르는 물과 같도다. 나는 이제 세상 시끄러움이 싫어 공동산으로 신선을 찾아가려 하네. 하지만 그대 어머니의 부탁이니 마땅히 머물러 그대 배필을 찾아봐야겠지. 그대의 풍채를 보니 진실로

• 여도관(女道冠) : 도교를 닦는 여도사.

신선 같아 아무리 구하여도 짝을 찾기는 쉽지 않겠네. 잘 생각해 볼 터이니 틈이 날 때 다시 오시게."

양소유는 두연사에게 작별 인사를 하고 숙소인 객점으로 돌아 왔다.

며칠 후 양소유는 다시 자청관으로 연사를 찾아갔다. 연사가 양소유를 보고 웃으며 말하였다.

"혼처가 하나 있는데, 그 처자의 얼굴과 재주는 가히 그대의 짝이 될 만하이. 그러나 오대가 제후요 대대로 승상이니, 가문과 지체가 너무 높아. 그대가 이번에 장원하면 혼삿말을 꺼낼 수 있으나 그전에는 의논도 하지 못하네. 부디 장원하도록 하시게."

"어떤 집안인데 그렇게 말씀하십니까?"

"춘명문 안 정사도 집이네. 붉은 칠을 한 문이 길에 면해 있지."

그 말에 양소유는 섬월이 말하던 여자인 줄 짐작하였다.

'어떤 여자이기에 장안과 낙양 모두에서 이러한 이름을 얻고 있는가?'

궁금한 생각에 양소유가 물었다.

"정씨 소저를 직접 보신 적이 있습니까?"

"어찌 보지 못하였겠는가? 정소저는 진실로 하늘에서 내려온 사람, 인간의 말로는 그 모습을 형용할 수 없도다."

"어리석은 제 자랑 같지만 이번 과거는 *낭중지물이니 염려하지

• 낭중지물(囊中之物) : 주머니 속 물건이란 뜻으로, 자기 손아귀에 들어 있어 마음대로 할 수 있음을 나타냄.

마십시오. 다만 제 평생에 정한 뜻이 있으니 처자를 보지 않고는 결코 구혼하지 않을 것입니다. 저를 불쌍히 여겨 그 소저를 한번 보게 해주십시오."

但
다만 단
3급 7획

연사가 크게 웃으며 말하였다.

"재상집 처자를 어찌 볼 수 있겠는가? 그대가 이 늙은이를 믿지 아니하는도다."

"어찌 감히 의심하겠습니까만, 사람마다 좋아하고 싫어함이 각기 다르니, 그 점을 염려할 뿐입니다."

"무식한 이라도 봉황과 기린의 상서로움을 알아보고, 푸른 하늘과 밝은 태양의 높고 밝음을 의심하지 않는다네."

양소유는 무거운 발걸음을 옮겨 숙소로 돌아왔다. 그러나 다음날 아침에 일어나자마자 곧장 자청관으로 갔다.

"이렇게 일찌감치 오다니, 반드시 무슨 까닭이 있겠군."

양소유가 머뭇거리다가 떼를 쓰듯 말하였다.

"아무래도 제 눈으로 보지 않고서는 마음을 낼 수가 없습니다. 부디 한 번 보게 해주십시오."

"죽기는 쉬워도 정소저 보기는 어려울 터. 어이하면 좋은가?"

그러다 갑자기 양소유에게 물었다.

"그대 총명함이 뛰어나니, 혹 글 배우는 틈에 음률에 통하지는 않았는가?"

양소유가 머뭇거리며 대답하였다.

"지난 해 도인 한 분을 만나 잠시 악곡을 익혔습니다만……."

"재상가의 문은 높직하여 다섯 층이나 되고 화원의 담이 두어 길이니 바깥사람이 엿볼 길은 전혀 없네. 또 정소저는 글을 읽고 예를 익혀 한 번 움직이고 그치는 것이 구차하지 않으니 여도관이나 여승이 있는 절에도 분향하지 않고, 삼월 삼짇날에도 곡강에서 놀지 않으니 어찌 소저를 엿볼 길이 있겠는가. 다만 한 가지 방법이 있기는 하나 그대가 꺼려하여 듣지 아니할까 걱정이네."

"정소저를 볼 수만 있다면 어찌 따르지 않겠습니까?"

"정사도가 벼슬을 내놓고 음률에 재미를 붙였고, 부인 최씨는 본디 성품이 온화하네. 정소저는 총명한데, 특히 음률에 정통하여 최부인이 새로운 곡을 하는 사람이 있다 하면 꼭 청하여 듣고, 소저에게 평하게 한다네. 그대가 진실로 음률에 통한다면 거문고 연주곡을 하나 알아두시게. 사흘 후 이월 그믐날은 *영부도군의 탄신일이라 최부인은 해마다 향불을 갖추어 복을 비네. 그때 그대가 여도관 차림으로 거문고를 타면 시비가 보고 돌아가 알릴 것이고, 그러면 최부인이 청할 터. 그 집에 가서 그대가 정소저를 보고 못 보는 것은 인연으로 미리 예정하지 못할 일, 이밖에 다른 길이 없네."

"삼가 명을 받들겠습니다."

정사도는 다른 자녀 없이 정소저 하나였다. 최부인이 해산할 때

• 영부도군(靈府道君) : 중국 고대의 신선 이름.

정신이 혼미한 중에 한 선녀가 밝은 구슬을 가져오는 것을 보고 이름을 경패라 하였다. 용모와 재덕이 세상 사람을 벗어나 배필을 정하지 못하고 이미 비녀 꽂을 나이가 되었지만 정혼한 곳이 없었다.

하루는 최부인이 정소저의 유모 전씨 할멈을 불러 말하였다.

"오늘은 영부도군의 탄신일이니, 향촉을 마련해 자청관에 다녀와야 하네. 옷감과 다과를 준비하여 두연사께 드리시게."

유모 할멈이 향촉을 가지고 자청관에 이르니, 연사가 받아 삼청전 불전(佛前)에 공양하였다. 그때, 양소유가 여도관 차림으로 별당에 앉아 거문고를 타고 있었다. 유모 할멈이 작별 인사를 하다가 거문고 소리를 듣고는 물었다.

佛 前
부처 불 앞 전
4급 7획   7급 9획

"이 할미가 최부인을 모셔 잘 탄다는 이들의 거문고 소리를 많이 들어보았지만 이런 소리는 처음입니다. 누가 연주하는 것입니까?"

연사가 대답하였다.

"며칠 전 초나라 땅에서 어린 여도관이 와 머물면서 이따금 거문고를 타고 있소. 나는 본디 음률을 알지 못하여 무심히 들었는데, 그대의 말을 들으니 그런 것도 같소."

"부인께 말씀드리면 반드시 청하실 것이니, 저 사람을 당분간 여기 머무르게 해주십시오."

유모 할멈은 두연사에게 거듭 부탁하고 갔다. 양소유는 이 말을 전해 듣고 최부인의 부름을 기다렸다.

핵심⁺ 몽유록계 소설

몽유록계 소설은 이루어질 수 없는 이상세계를 그린 것과 절박한 당대 현실의 부조리를 직설적으로 그려낸 것으로 나뉜다. 환몽구조의 서사방식을 이어 성숙한 형식으로 발전시킨 유형을 '몽자소설(夢字小說)'이라 하며, 김만중의 〈구운몽〉이 이에 해당된다. 이에 영향을 받아 남영로의 〈옥루몽〉, 이정작의 〈옥린몽〉과 같은 작품이 씌어졌다. 현실-꿈-현실의 환몽구조 소설 작품으로는 임제의 〈원생몽유록〉, 심의의 〈대관재몽유록〉, 윤계선의 〈달천몽유록〉, 신광한의 〈안빙몽유록〉 등이 있다.

好樂好樂 한자 노트

쇠금 | 총 8획 | 부수 金 | 8급

흙(土)에 덮여 있는 광석의 하나인 금을 뜻하는 글자이다.

金剛(금강) : '가장 뛰어난' 또는 '가장 단단한'의 뜻을 나타냄.
金庫(금고) : 돈이나 귀중품 따위를 안전하게 보관하는 데 쓰이는 철제 상자.
金肥(금비) : 돈을 주고 사서 쓰는 비료라는 뜻으로, 화학 비료를 뜻함.
金石文字(금석문자) : 옛날의 비석이나 그릇 또는 쇠붙이 등에 새겨진 글자.

내가 찾은 사자성어

쇠금	돌석	갈지	말씀언
金	石	之	言
금	석	지	언

내용 》 교훈이 될 수 있는 귀중한 말.

중국의 과거제도

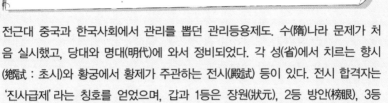

전근대 중국과 한국사회에서 관리를 뽑던 관리등용제도. 수(隋)나라 문제가 처음 실시했고, 당대와 명대(明代)에 와서 정비되었다. 각 성(省)에서 치르는 향시(鄕試 : 초시)와 황궁에서 황제가 주관하는 전시(殿試) 등이 있다. 전시 합격자는 '진사급제'라는 칭호를 얻었으며, 갑과 1등은 장원(狀元), 2등 방안(榜眼), 3등 탐화(探花)라고 불렀다. 과거제도는 청대(淸代)까지 이어졌으나 1905년 학교교육을 실시하면서 폐지되었다.

계집녀 | 총 3획 | 부수 **女** | 8급

여자가 모로 꿇어앉은 모습을 본뜬 글자이다.

女權(여권) : 여자의 사회적 · 법률적 · 정
    치적인 권리.
女流(여류) : 어떤 전문적인 일에 능숙한
    여자임을 나타내는 말.
女史(여사) : 학자 · 예술가 · 정치가 등 사
    회적으로 활동하는 여자를 높이어 일컫
    는 말.
女人(여인) : 어른인 여자.

내가 찾은 속담

여자는 높이 놀고 낮이 논다

》 여자는 시집을 잘 가고 못 감에 따라 귀해지기도 하고 천해지기도 함을 비유적으로 이르는 말.

장원한 양소유, 정경패를 보다

다음 날, 정사도의 집에서 작은 가마와 시비 한 사람을 보내와 거문고 타는 여도관을 청하였다. 양소유가 여도관의 옷을 입고 화관을 바로 쓰고 거문고를 안고 나서니, 그 모습이 *마고선자와 *사자연이라도 미치지 못하였다. 사람들이 보고 모두 감탄하였다.

양소유가 가마에 올라 정사도의 집으로 가니 시비가 중문으로 하여 대청 앞으로 안내하였다. 최부인은 대청마루에 앉아 있었는데, 양소유가 가마에서 내려 절하니 마루 위로 오르도록 하여 자리를 내주었다.

"어제 유모 할멈이 도관에 갔다가 신선의 거문고 연주를 들었다고 놀라워하여 함께 듣고자 이렇게 청하였소. 그대를 보니 천상의 선녀를 만난 듯 세상 걱정이 다 사라지오."

양소유가 앉았던 자리에서 조금 비켜앉아 예를 표하며 말하였다.

"저는 본디 초나라 사람으로 구름같이 다니다가 천박한 재주로 하여 오늘 부인을 모시게 되니 이는 하늘의 뜻인가 합니다."

"그대는 무슨 곡을 잘 타시오?"

"일찍이 남전산에서 이인을 만나 몇 곡 전수받았습니다. 그 모두 옛사람의 소리라 오늘 사람들이 듣기에는 어떨까 합니다."

최부인이 시비에게 일러 양소유의 거문고를 가져오게 하더니 무

傳 受
전할전 받을수
5급 13획 4급 8획

• 마고선자(麻姑仙子) : 옛날 고여산에서 수도하여 선녀가 된 사람.

• 사자연(謝自然) : 당 태종 때 도술을 익혀 신선이 되었다는 여도관.

룷에 놓고 손으로 만지며 말하였다.

"재질이 아주 좋도다."

"그 재목은 용문산에서 벼락 맞아 꺾인, 백 년 묵은 오동나무로, 굳기가 금석 같아 천금으로도 바꾸지 못합니다."

이렇게 말을 주고받는 동안에도 정소저가 나오지 않았다. 초조해진 양소유는 최부인에게 말하였다.

"제가 전하여 오는 곡을 타기는 하지만 스스로 잘못된 음을 짚어 내지는 못합니다. 자청관에서 들으니 정소저의 지음이 뛰어나다 하여 한 곡 아뢰어 가르침을 듣고자 하였는데, 소저를 뵐 수 없어 섭섭합니다."

그 말에 최부인은 시비에게 일러 정소저를 나오게 하였다. 이윽고 패옥소리와 함께 향기로운 기운이 떠돌며 정소저가 비단 휘장을 걷고 나와 부인 앞에 앉았다.

양소유가 일어나 절하고 앉으며 눈을 들어 바라보니 아침 해가 붉은 노을 속에서 떠오르는 듯, 연꽃이 물 가운데 비껴 피어 있는 듯 심신이 황홀하였다.

양소유는 정소저의 얼굴을 조금이라도 더 자세히 보고 싶어 최부인에게 청하였다.

"한 곡 연주하여 소저의 가르침을 듣고자 하는데, 거리가 멀어 소저의 귀에 잘 들리지 않을까 염려됩니다."

材 質
재목재 바탕질
5급 7획 5급 15획

최부인은 시비에게 명하여 소저의 자리를 가까이 옮기게 하였다. 그러나 옮긴 자리가 구석진 곳이어서 멀리 바라보던 때보다 못하였다. 양소유는 다시 청하지는 못하고 거문고 줄을 고른 후 '애상우의곡'을 타기 시작하였다.

정소저가 칭송하여 말하였다.

"아름답도다! 이 곡은 현종 시절의 태평한 기상을 노래하오. 많은 사람들이 즐겨 연주하지만 이처럼 아름다운 적은 없었어요. 그러나 이는 세속의 소리, 다른 곡을 들었으면 해요."

양소유가 다른 곡을 연주하니, 정소저가 말하였다.

"이 곡은 *진후주의 '우수후정화'로 아름답지만, 슬픔이 지나친 망국의 소리. 다른 곡을 듣고자 하오."

양소유가 다시 새로운 곡을 연주하자, 정소저는 기다렸다는 듯이 즉시 평하였다.

"아름다운 곡, 기뻐하는가 하면 슬퍼하고, 생각 또한 많아요. 옛날 채문희가 오랑캐에게 잡혀가서 아들을 낳았는데 조조가 구하여 고향에 돌아올 때, 그 아들과 이별하며 지은 '호가십팔박'이지요. 소리 비록 서럽고 아름다우나 *실절한 부인이 부끄러우니 다른 곡을 들어봐요."

정소저가 청하는 대로 양소유는 다시 새로운 곡을 연주하였다.

"이 곡은 왕소군의 '출새곡'이오. 비록 아름다우나 오랑캐 땅의

哀
슬플애
3급 9획

• 진후주(陳後主) : 중국 남북조시대 진(陳)나라의 왕. 주색에 빠져 정치를 돌보지 않다가 수(隋)나라에 망함.

• 실절(失節) : 정절을 지키지 못함, 또는 절의를 굽힘.

노래, 바른 음악이 아니오."

양소유가 또 한 곡을 타니, 정소저가 얼굴빛을 고치고 말하였다.

"이 곡을 듣지 못한 지 오래, 여도관은 보통 사람이 아니오. 영웅이 때를 만나지 못함을 노래한 *혜강의 '광릉산' 아니오? 혜강이 화를 당하여 저잣거리에서 죽임을 당할 때, '내 제자가 '광릉산'을 가르쳐 달라 하였지만 아껴 전하지 아니하였더니, 이제 '광릉산'은 그치는구나.' 하였소. 그대는 혜강의 넋이 분명하오."

양소유가 일어나 절하여 예를 표하며 말하였다.

"소저의 지혜로우심은 *공선부에게 거문고를 가르친 사양이라도 미치지 못할 것입니다. 제 스승도 그렇게 말씀하셨습니다."

양소유가 또 한 곡을 타니 정소저가 말하였다.

"이는 *백아의 '수선조' 아니오? 백아의 넋이 이를 들었다면 *종자기의 죽음을 한하지 않으리."

양소유가 다시 연주하였다. 정소저가 난세를 당하여 지은 공선부의 '의난조'에 이어 순임금의 '남훈곡'을 듣고 나서, 지극히 높고 지극히 아름다워 다시 더 고상한 소리가 없을 터이니 다른 곡은 더 들을 필요가 없다고 하였다. 이에 양소유가 급히 말하였다.

"듣기로 아홉 곡을 이루면 신선이 내린다는데, 이미 여덟 곡, 한 곡을 마저 탈까 합니다."

줄을 고쳐 새롭게 타기 시작하니 그 소리가 은은하여 사람의 마

高 尚
높을고 오히려상
6급 10획 3급 8획

• 혜강(嵇康) : 진(晉)나라 죽림칠현의 한 사람으로, 벼슬에 나아가지 않고 거문고를 타며 스스로 즐기며 삶.

• 공선부(孔宣父) : 공자(孔子). 당나라 때 공자를 추존(追尊)하여 '선부'라 하였음.

• 백아, 종자기 : 69쪽 '백아와 종자기' 참조.

음을 온통 뒤흔들어 놓았다. 정소저는 푸른 눈썹을 내려뜨린 채 말이 없었다. 양소유가 더욱 빠르게 몰아치니 그 소리가 드높고 호탕하였다. 순간 정소저가 눈길을 들어 양소유를 살피듯 돌아보더니 아름다운 얼굴에 부끄러운 빛을 띠고 즉시 일어나 안으로 들어가 버렸다.

양소유가 놀라 거문고를 밀치는데 최부인이 말하였다.

"여도관이 아까 탄 건 무슨 곡인가?"

"스승께 배웠지만 곡명을 알지 못합니다. 그래서 소저의 가르침을 듣고자 합니다."

부인이 시비에게 명하여 정소저를 부르니 돌아와 전하였다.

"아가씨께서 반나절이나 바람을 쏘여 편치 아니하다 합니다."

양소유는 정소저가 자신의 변복을 알아챘는가 하여 오래 머물지 못하고 곧 일어나 절하며 말하였다.

"소저가 불편하시다 하니, 이만 물러가겠습니다."

부인이 상으로 비단을 내렸지만, 양소유는 사절하고 돌아섰다.

양소유가 돌아간 뒤 부인은 안으로 들어가 아가씨가 어떠냐고 물었다. 이내 좋아졌다는 말에 다시 시녀에게 물었다.

"그러면 춘랑은 어떠하냐?"

"오늘은 조금 나아서 아가씨가 거문고 연주를 듣는다는 말에 일어나 세수하였습니다."

洗 手
씻을세 손수
5급 9획 7급 4획

춘랑은 가씨 성으로 서촉 사람이었다. 아버지가 관리로 있다가 병들어 죽었는데, 그는 정사도 집안에 공이 많았다. 그의 딸 춘랑은 겨우 십 세였는데, 의지할 데가 없어 정사도 부처가 데려다 정소저와 함께 키웠다. 춘랑은 정소저보다 몇 달 아래인데, 용모가 비록 정소저에게 미치지는 못하지만 그 또한 *절대가인이었다.

그리고 시 짓는 재주와 필법, 공교한 바느질 솜씨는 가히 정소저와 다툴 만하였다. 춘랑의 본디 이름은 초운이었으나 정소저가 그 맵시 고움에 *한유의 시구에서 취하여 춘운으로 고치니 집안에서 모두들 춘랑이라 부르고 있었다. 정소저가 친자매처럼 사랑하여 늘 함께하니 비록 주인과 종의 신분 차이는 있으나 두 사람은 실은 규중의 친구였다.

이날 춘운이 정소저에게 물었다.

"거문고 타는 여도관이 왔는데 얼굴이 신선 같고, 그 음률을 아가씨께서 칭찬하셨다 하여 병을 잊고 나가 들어보려 하였더니 무슨 까닭으로 그리 속히 갔습니까?"

정소저가 낯빛이 붉어지며 가만히 대답하였다.

"내가 몸 가지기를 법대로 하고 말씀을 예대로 하여 십육 세 되었고, 지금껏 중문 밖에 나가 바깥사람과 만나지 않았는데, 하루 아침에 간사한 사람에게 평생 씻지 못할 욕을 입으니 무슨 면목으로 너를 대하겠느냐?"

外
바깥 외
8급 5획

• 절대가인(絕代佳人) : 이 세상에는 견줄 사람이 없을 정도로 뛰어나게 아름다운 여자.

• 한유(韓愈) : 당나라의 문장가. 자는 퇴지(退之).

춘운이 크게 놀라 말하였다.

"어찌 그런 말씀을 하십니까?"

"아까 왔던 여도관이 과연 용모 빼어나고 연주하는 곡도 모두 세상에 없는 바였는데, 다만……."

"다만 무엇입니까?"

"여러 곡을 들은 후 이제 그만 듣자고 했는데 이 여도관이 한 곡만 더 타겠다고 하더니 사마상여가 탁문군을 희롱하던 '봉구황'을 타는 거야. 그제야 자세히 보니 그 여도관, 기상이 호탕하여 계집이 아닌 듯하였다. 분명 간사한 사람이 내 소문을 듣고 보기 위해 변장하고 온 것이니, 다만 춘랑이 병들어 함께하지 못한 것이 애달프구나. 춘랑이 보았으면 금방 남녀를 구별하였을 것을……. 생각해 봐. 내 규중처녀로서 알지 못하는 사내와 반나절 동안 말을 주고받으며 수작하였으니 어찌 이런 일이 있을 수 있겠느냐? 어머님께도 차마 아뢰지 못하였으니, 춘랑 아니면 누구에게 이 수치스러운 이야기를 하겠어."

춘운이 웃으며 말하였다.

"사마상여의 '봉황곡'을 여자라고 연주하지 못합니까? 지나친 걱정이십니다. 옛날 사람이 잔 가운데 활 그림자를 뱀으로 잘못 보고 시름하는 것과 같습니다."

"그렇지 않아. 이 사람이 곡을 연주한 게 <u>의도</u>가 있고, 차례가

意 圖
뜻의 그림도
6급 13획 6급 14획

있었어. 무심코 연주하였더라면 어찌 마지막에 '봉황곡'을 탔겠어. 내 생각으로는 과거 보려 모인 재주있는 선비 가운데 내 이름을 듣고 그릇된 생각을 낸 자가 있었던 거야."

"그 도사가 남자라면 용모 아름답고 기상이 늠름하며 음률에 정통하니, 그이야말로 참으로 사마상여인가 합니다."

정소저가 말하였다.

"비록 사마상여라도 나는 결코 탁문군이 되지 않아!"

"문군은 뜻이 있어 따랐지만, 아가씨는 무심히 들었을 뿐, 어찌 스스로를 탁문군에 비하십니까?"

두 사람은 저물도록 이야기하며 웃고 즐겼다.

하루는 정소저가 최부인과 함께 있는데 정사도가 기쁜 얼굴로 들어오며 부인에게 말하였다.

"딸아이의 혼사를 정하지 못하여 내심 걱정이었는데 오늘 어진 사위를 얻었소."

"어떤 사람입니까?"

"이번 장원한 사람은 성은 양씨요 이름은 소유라오. 나이는 십육 세, 회남 땅 사람인데, 그 글을 *시관으로 칭찬하지 않은 사람이 없다 하오. 듣건대 풍채와 재주가 뛰어나고 아직 혼인하지 않았다 하니, 이 사람으로 사위 삼으면 어찌 즐겁지 아니하겠소."

부인이 말하였다.

技
재주기
5급 7획

• 시관(試官) : 과거 시험에 관계된 관원을 통틀어 말함.

"남의 말 열 번 들어 무엇합니까. 친히 보신 후에 정하십시오."

"그 역시 어려운 일 아니오."

이 말을 듣고 정소저가 부끄러움에 즉시 일어나 안으로 들어가 춘운에게 말하였다.

"거문고 타던 여도관이 초나라 사람이라 하였는데, 회남은 초나라 땅이다. 양장원이 아버지를 뵈러 올 것이니 춘랑은 자세히 보고 알려 다오."

춘운이 웃으며 답하였다.

"나는 여도관을 보지 못하였는데 양장원을 본들 어찌 알겠습니까? 아가씨가 주렴 사이로 잠깐 보시면 어떻겠습니까?"

두 사람은 마주보며 소리 없이 웃었다.

이때 양소유가 장원급제하여 *한림원 학사가 되니, 그 이름이 천하에 알려졌다. 명문 귀족의 딸 둔 집에서 구혼하는 매파들이 구름 모이듯 하였다.

그러나 양소유는 이들을 다 물리치고 예부 권시랑을 찾아가 정사도 집안에 구혼하는 글을 청하여 받아 간직하였다. 그리고 천자가 내려준 비단 옷에, 머리에는 *계화를 꽂고, 신선의 음악에 둘러싸여 정사도 집 앞에 이르렀다.

"양장원이 왔도다."

사도가 부인에게 이르고 나가 양소유를 뒤채로 맞아들였다. 이

• 한림원(翰林院) : 당나라 현종 때 설치되었으며, 주로 조서 등 국가의 문서를 다루는 기관.

• 계화(桂花) : 과거에 장원급제한 자에게 꽂아주는 계수나무 꽃.

때 집안 사람 가운데 정소저 한 사람을 제외하고 양소유를 보지 않은 사람이 없었다.

춘운이 최부인의 시비를 불러 물었다.

"어르신께서 부인에게 하시는 말씀을 들으니, 전날 거문고 타던 여도관이 양장원의 사촌이라 하는데 닮은 곳이 있는가?"

시비들이 모두 말하였다.

"정말 외사촌이라는데 그렇게 닮을 수가 있습니까? 그 여도관의 얼굴과 매우 똑같습니다."

四 寸
넉사 마디촌
8급 5획 8급 3획

춘운이 들어가 정소저의 눈이 밝음을 찬탄하며 말하였다.

"아가씨의 사람 보는 눈이 과연 그르지 아니하십니다."

"다시 가서 무슨 말씀을 하시는지 듣고 알려 다오."

한참 후 춘운이 다시 와서 말하였다.

"어르신께서 아가씨를 위하여 구혼하는 말씀을 하시니, 양장원이 일어나 절하고 '제가 따님의 재덕 높음과 용모 뛰어남을 익히 들어 문득 외람된 생각으로 권시랑 어른의 추천 글을 받아왔습니다만, 문벌이 푸른 구름과 흐린 물처럼 맞지 않고 인품이 봉황과 까마귀처럼 서로 달라 부끄러운 마음에 감히 드리지 못하고 있었습니다.' 하고 글을 꺼내 어르신께 드렸습니다. 어르신께서는 글을 읽어보고 기뻐하시며 술과 안주를 재촉하셨습니다."

정소저가 놀라고 당황하여 어쩔 줄 모르는데 부인이 불러 말하였다.

"양장원은 재주 있어 만인이 칭찬하는바, 네 아버지가 기꺼이 혼인을 허락하셨도다. 이제 우리 부부는 의탁할 곳을 얻었으니, 무슨 근심이 있겠느냐?"

정소저가 따지듯 최부인에게 물었다.

"어머님, 시비의 말을 들으니 양장원이 거문고를 타던 여도관과 같다 하던데 그러합니까?"

"그렇구나. 그 여도관을 다시 보고자 하였으나 뜻을 이루지 못

烏
까마귀 오
3급 10획

하였는데, 오늘 양장원을 보니 그를 다시 본 듯 즐거운 마음이었더니라. 이로 보아도 양장원의 아름다움을 알 수 있지 않느냐?"

"양장원이 비록 아름다우나, 저는 그에게 거리끼는 바가 있어 혼인함은 마땅치 아니합니다."

부인이 크게 놀라 말하였다.

"너는 재상가 규중의 처녀요, 양장원은 회남 사람으로 서로 상관할 바 없거늘 어찌 거리끼는 바가 있겠느냐?"

정소저가 나직하지만 단호하게 말하였다.

"말씀드리기 부끄러워 어머니께 아뢰지 못하였습니다만, 양장원은 거문고 타던 여도관이 분명합니다. 제가 그 간사한 사람의 꾀에 빠져 한나절 동안이나 말을 주고받았으니 어찌 거리낌이 없겠습니까?"

부인이 당황하며 미처 대답하지 못하는데, 사도가 양장원을 보내고 들어와 말하였다.

"내 딸 경패야, 우리 집안이 오늘 용을 타고 하늘에 오르는 경사를 보았으니, 이보다 더 기쁜 일이 어디 있겠느냐?"

부인이 정소저가 양장원을 거리낀다는 말을 전하자, 사도가 크게 웃으며 말하였다.

"양랑은 진실로 풍류를 즐길 줄 아는 사내 중의 사내로다. 옛날 *왕유 학사도 악공으로 변복하고 고종의 딸 태평공주의 집에서 비

登
오를등
7급 12획

• 왕유(王維) : 당나라 때
의 시인이며 화가. 남종
문인화의 시조.

파를 타고 돌아와 장원급제하니 세상이 그를 오랫동안 칭찬하였도다. 이제 양장원이 또 그리하였다고 하여 무어 거리낄 게 있느냐? 또 너는 여도관을 보았을 뿐, 양장원을 본 것은 아니니 무슨 거리낌이 있을까. 그렇지 않으냐?"

"저의 마음에는 부끄러움이 없지만, 슬기롭지 못하여 남에게 속은 것이 한스럽습니다."

사도가 웃으며 말하였다.

"그것은 이 늙은 아비가 알 바 아니다. 다른 날 양랑에게 물어보아라."

부인이 정사도에게 물었다.

"양랑이 혼기를 언제로 정했으면 합니까?"

"*납채는 *시속따라 하고, 혼례는 가을 이후에 양랑이 대부인을 모셔온 다음에 하자고 합니다."

이후 정사도 집에서는 좋은 날을 택하여 양랑으로부터 납채를 받고, 양랑을 사위의 예로서 청하여 별채에 거처하게 하였다.

어느 날, 정소저는 안채로 갔다. 최부인은 양소유의 저녁을 마련하는 시녀들의 일손을 살피고 있었다.

"양한림이 별채에 거처한 후로 어머니께서 의복과 음식을 친히 살피시니 이 일을 어찌합니까. 제가 그 괴로움을 대신하고자 하나 예법에 맞지 않습니다. 그러니 어머님, 춘운을 별채에 보내 양한림

居 處
살거 곳처
4급 8획 4급 11획

• 납채(納采) : 신랑 집에서 신부 집으로 보내는 예물.

• 시속(時俗) : 그 당시의 풍속.

을 섬기게 해주십시오. 그렇게 하여 어머님의 수고를 조금이나마 덜까 합니다."

"무슨 일을 맡긴다 한들 춘운이 못해내겠느냐마는 그 아이 아비가 우리 집에 공이 있고, 그 아이 사람됨 또한 뛰어나니 네 아버님께서 어진 배필을 구해 주려 하시는데, 그렇게 하여 너를 따르게 한다면 그건 춘운 그 아이가 바라지 않을 게다."

兒
아이 아
5급 8획

"그 아이의 뜻은 저와 함께하는 것입니다, 어머님."

"시비가 신행길에 따르는 일은 흔히 있는 일이다만, 춘운은 그 자색과 재주가 너와 비해도 부족함이 없으니, 그렇게 하는 것은 마땅치 않구나."

정소저가 웃으며 말하였다.

"나이 어린 서생이 거문고 하나로 재상가 규중처녀를 희롱하지 않았습니까. 그런 기상에 어찌 한 아내만 지키어 늙겠습니까? 뒷날 승상부에 춘운 같은 미인이 몇이 될 줄 어찌 알겠습니까?"

이때 정사도가 들어와 부인이 사도에게 정소저의 뜻을 전하였다.

"춘운과 딸아이가 그렇듯 사랑하고 아끼니 서로 떨어지지 않게 하는 게 마땅할 듯하오. 함께 시집갈 바에야 앞뒤가 무슨 관계있겠소만, 굳이 예를 따지면 춘운 역시 혼인 전에는 합당하지 않으니 그게 걱정이오."

정소저가 다가와 웃으며 목소리를 죽여 말하였다.

"춘운의 도움을 받아 지난 번 제 부끄러움을 씻고자 합니다. 아버님, 십삼 오라버니에게……."

듣고 나서 정사도 크게 웃고 말하였다.

"그 계교가 아주 좋구나!"

정사도의 여러 조카 중 십삼랑은 어질고 호탕하여 양소유가 가장 좋아하였다.

그날 정소저는 춘운을 불러 말하였다.

"너와 어려서부터 동기같이 지냈는데 나는 양한림의 납채를 받았고 너도 이제 *백년대사를 염려해야 하는데, 어떤 사람을 섬기고자 하느냐?"

"어찌 그런 말씀을 하십니까? 저도 아가씨를 따르고자 하니, 버리지 마십시오. 이 몸이 다하도록 아가씨를 모시겠습니다."

議
의논할 의
4급 20회

"내 진실로 네 마음을 안다. 너와 의논할 일이 있는데, 양한림이 거문고 하나로 나를 놀렸으니 몹시 욕되구나. 네가 아니면 누가 나의 부끄러움을 씻어주겠는가? 산이 깊고 경치 좋은 곳에 작은 방을 지어 *화촉을 베풀고, 사촌오라버니 십삼랑과 꾀를 내면 될 것이다. 춘랑은 한 번 수고를 아끼지 말라."

"아가씨의 말씀을 어찌 사양하겠습니까마는, 나중에 무슨 면목으로 양한림을 뵙니까?"

• 백년대사(百年大事) : 일생에서 가장 큰일, 곧 혼사(婚事).

• 화촉(華燭) : (혼례 의식 때 촛불을 밝히는 데서) '혼례'를 달리 이르는 말.

"군사는 장군의 명을 듣는다더니, 춘랑은 양한림만 두려워하는구나."

춘랑이 웃으며 말하였다.

"죽기도 피하지 못하는데 아가씨 말씀을 어찌 따르지 아니하겠습니까?"

〈구운몽〉의 배경

작품의 배경이 되는 당나라는 당시 세계 최대의 제국으로, 여러 나라와 문화적·경제적 교류를 가졌다. 정치·사회의 기본인 유교 외에 도교·불교가 존중되었으며, 인도 등의 문화를 받아들임으로써 다양한 사상과 종교가 성행하였다. 이로 인해 찬란한 예술과 문화를 꽃피울 수 있었던 것이다.

好樂好樂 **한자 노트**

좋을호 | 총 6획 | 부수 **女** | 4급

어머니(女)와 아들(子) 또는 여자와 남자의 두터운 애정을 뜻하는 글자이다.

好感(호감) : 좋게 여기는 감정.
好意(호의) : 남에게 보이는 진실한 마음.
好評(호평) : 좋게 평판함, 또는 그 평판.
好奇心(호기심) : 새롭거나 신기한 것에 끌리는 마음.
好衣好食(호의호식) : 좋은 옷과 좋은 음식.

내가 찾은 사자성어

좋을호 그림화 아닐미 볼견 용룡

好畫未見龍
호   화   미   견   룡

내용 》 보지도 않은 용 그리기를 좋아한다는 뜻으로, 이룰 수도 없는 일을 하려 함을 비유하여 이르는 말.

백아와 종자기-지음(知音)

백아(柏牙)는 전국시대의 거문고 명인으로 그에게는 절친한 벗 종자기(鍾子期)가 있었다. 백아가 산의 모습을 나타내기 위해 거문고를 타면 "하늘 높이 우뚝 솟은 태산 같구나." 하고, 흐르는 물소리를 표현하려 하면 "강물의 흐름이 황하와 같도다!" 하고 그 마음을 꿰뚫어 알았다. 종자기가 먼저 세상을 뜬 뒤 백아는 "이 세상에서 내 마음을 알아줄 사람은 아무도 없다."고 하며 아끼던 거문고 줄을 끊어버렸다. 여기서 '지음(서로 마음이 통하는 친한 벗)'이라는 고사성어가 이루어졌다.

빛광 | 총 6획 | 부수 儿 | 6급

사람이 치켜든 횃불이 밝게 비치는 모양에서 '빛나다' 라는 뜻이 된 글자이다.

光景(광경) : 눈에 보이는 경치, 또는 어떤 장면의 모습.

光芒(광망) : 빛. 퍼져 나가는 빛살.

光復(광복) : 잃었던 국권을 다시 찾음.

光明正大(광명정대) : 언행이 밝고 바르며 크다.

내가 찾은 속담

빛은 검어도 속은 희다

≫ 겉은 어지러워도 속은 깨끗함을 이르는 말.

5 양소유, 춘랑과 인연을 맺다

양소유는 궁에 들어가지 않는 한가한 날에는 벗을 찾아 술도 마시고 기생도 보고 하였는데, 하루는 정생(십삼랑)이 와서 말하였다.

"성남 쪽 멀지 않은 땅에 산천이 아름다운 곳이 있으니 한 번 구경함이 어떠하오?"

"바라던 바요."

두 사람은 즉시 술과 안주를 마련하여 떠났다. 십여 리만에 맑은 계곡에 이르러 소나무 숲에 자리 잡는데, 시냇물에 꽃잎이 떠내려 오니 바로 *무릉도원이었다.

정생이 말하였다.

"이 물이 자각봉에서 내려오는데, 내 일찍이 들으니 꽃 피고 달 밝은 밤에는 신선의 음악 소리가 있어 들은 사람이 많다 하오. 나는 지금껏 신선과의 연이 없었으나, 오늘 형과 함께 올라가 신선의 자취를 찾고자 하오."

그때 문득 정생의 집 하인이 급히 와서 아뢰었다.

"아씨께서 갑자기 몸이 불편하여 서방님을 찾으십니다."

정생이 탄식하였다.

"나는 과연 신선과는 연이 없나 보오. 그만 가봐야겠소. 양형 혼

溪 谷
시내계 골곡
3급 13획   3급 7획

• **무릉도원(武陵桃源)** : 사람들이 행복하게 살 수 있는 이상향.

자라도 한번 찾아보시오."

정생이 가고 난 뒤 양소유 혼자 계곡을 따라 올라가니 경치는 더욱 아름다웠다. 문득 물 위에 계수나무 잎이 떠내려와 동자를 시켜 건져오게 하였다. 나뭇잎에 씌었으되ㅡ

'신선의 개 구름 밖에서 짖으니, 양랑이 오는구나.'

양소유는 크게 놀라 날이 늦어 돌아가야 한다는 동자의 말도 듣지 않았다. 한참 계곡길을 올라가는데 이미 해는 떨어지고 달이 밝았다. 당황하여 서두르는데, 십여 세 된 *청의여동이 가까운 냇가에서 양소유를 보더니 달려가며 소리쳤다.

"아가씨, 양랑이 오십니다."

양소유가 놀라 청의여동의 뒤를 따라 산을 돌아서자 계곡에 면해 있는 아담하고 정갈한 정자가 나타났다. 한 여인이 달빛을 받은 *벽도화 아래 서 있다가 양소유를 보고는 예를 갖추어 말하였다.

"양한림께서는 어찌 이리 더디 오십니까?"

양소유가 보니, 여인은 붉은 비단옷에 비취 비녀를 꽂고 허리에 백옥 노리개를 찼는데 그 자태가 선녀 같았다.

"저는 속세 사람이라 월하의 기약이 없는데 선녀께서 어찌 더디다 하십니까?"

"양한림은 의심치 마시고 정자에 오르시지요."

정자에 올라 자리를 잡고 앉으니 여동이 곧 술상을 올렸다. 여인

河
물 하
5급 8획

• 청의여동(靑衣女童) : 신선의 시중을 든다는 푸른빛 옷을 입은 어린 선녀.

• 碧桃花(벽도화) : 선경에 있다는 푸른빛의 복숭아 꽃.

이 잔에 자하주를 부어 권하는데, 그 맛이 인간의 술과 달랐다.

여인이 탄식하여 말하였다.

"옛일을 말씀드리려 하니 슬픕니다. 저는 *요지의 서왕모 시녀
요 낭군은 *상청의 선관이셨습니다. 조회 때 낭군이 저를 놀리셨다
하여 옥황상제께서 낭군을 벌하여 인간 세상에 떨어지고 저는 이
산중에 와 있는데, 곧 승천하라는 분부가 내려 이제 돌아가야 합
니다. 그전에 반드시 낭군을 만나 회포를 풀고자 하여 선관에게 빌
어 하루 기한을 미루었습니다. 낭군이 오실 줄 알았습니다."

이야기를 나누는 동안 어느새 달이 높이 뜨고 은하수도 기울어
양소유와 여인은 서로 이끌어 *침소로 갔다. 회포를 다 풀지도 못
하였는데 날이 밝아왔다.

"오늘은 요지로 돌아가야 합니다. 선관이 데리러 올 것이니, 낭
군은 오래 머물지 못하십니다."

여인은 어서 가기를 재촉하며 비단 수건에 이별시를 써 양소유
에게 주었다.

서로 만나니 꽃잎 하늘에 가득하고
서로 이별함에 꽃잎 물 위에 떠 흐르네.
봄빛은 꿈 같고
흐르는 물은 아득하여 천리이네.

歸
돌아갈귀
4급 18획

• 요지(瑤池) : 중국 신화
에서 곤륜산에 산다는 서
왕모가 주재하는 못.

• 상청(上淸) : 도가에서
신선이 사는 곳인 3청(玉
淸·太淸·上淸)의 하나.

• 침소(寢所) : 사람이 자
는 곳.

양소유 역시 옷소매를 떼어내더니 시를 써서 여인에게 주었다.

하늘바람 옥 장신구에 부니
흰구름 어찌 흩어지지 않으리.
무산 다른 날 밤의 비에
양왕의 옷을 적시고자 하노라.

여인이 글을 보고 품속에 간직하며 다시 가기를 재촉하였다. 서로 손을 잡고 눈물로 이별하고 양소유는 산을 내려왔다.

돌아온 후 생각하니 자각봉의 아름다운 여인의 자태가 눈에 삼삼하고 그 말소리가 두 귀에 쟁쟁하여 양소유는 마치 꿈을 꾼 것만 같았다. 밤새도록 잠을 이루지 못하다가 날이 밝자마자 동자를 데리고 자각봉 길을 찾아나섰다. 아름다운 경치는 어제와 같은데 텅빈 정자에는 사람의 그림자도 없었다.

昨
어제 작
6급 9획

"잠깐 몸을 숨겨 선녀의 가는 모습을 못 본 것이 한이로다."

양소유가 이렇듯 마음을 잡지 못하고 있는데 정생이 찾아왔다.

"집사람의 병으로 형과 함께하지 못하여 한이 되오. 복숭아꽃은 이미 졌으나 버들이 좋으니 우리 다시 한 번 놀아봄이 어떠하오?"

두 사람은 나란히 말을 타고 성을 나섰다. 숲의 좋은 곳에 자리를 펴고 서로 술잔을 나누었다. 문득 보니 길가에 허물어진 무덤이 있어 양소유가 잔을 잡고 탄식하였다.

"슬프다, 사람이 죽으면 다 저러하구나."

"형은 알지 못하리. 이는 곧 장여랑의 무덤이니, 그녀는 용모와 재색이 빼어났는데 스물에 죽었소. 사람들이 불쌍히 여겨 그 무덤 앞에 화초를 심어 죽은 넋을 위로하였다오. 마침 이곳에 왔으니 우리도 한잔 술로써 위로함이 어떠하오?"

양소유는 다정한 사람이었다.

"형의 말씀이 옳소. 어찌 한 잔 술을 아끼겠소이까?"

각각 제문을 지어 한 잔 술로 위로하였다. 이때 정생이 무덤의 허물어진 틈바구니에서 비단 적삼 소매에 쓴 글을 집어들었다.

祭 文
제사제 글월문
4급 11획 7급 4획

"어떤 부질없는 사람이 글을 지어 장여랑의 무덤에 넣었을까."

양소유가 보니, 자각봉에서 선녀와 이별하며 자기가 썼던 글이었다.

'그 미인이 선녀가 아니라 장여랑의 혼이었구나.'

땀으로 등이 젖고 머리털이 하늘로 솟았다. 그러나 양소유는 정생 없는 때를 타 다시 한 잔 술을 부어 가만히 빌었다.

"비록 이승과 저승이 다르나 정은 같으니, 혼령은 오늘 밤 다시 보게 하라."

그날 밤 양소유가 화원 별채에 앉았는데, 문득 창 밖에서 발소리가 났다. 문을 열어보니, 과연 자각봉 선녀, 아니 장여랑이었다. 반갑고도 놀라워 옥 같은 손을 잡아끄니, 장여랑이 말하였다.

"제 근본을 아셨으니 어찌 낭군을 가까이 하겠습니까? 낭군을 속인 것은 놀라실까 해서입니다. 그런데 오늘 제 무덤에 술을 부으시고, 또 제문을 지어 임자 없는 혼을 위로하시니 어찌 감격치 않겠습니까? 은혜에 보답하러 왔지만 더러운 몸으로 다시는 낭군을 모시지 않겠습니다."

"사람이 죽으면 귀신이 되고 환생하면 사람이 되니, 근본은 한 가지라, 어찌 한번 맺은 인연을 잊을 수 있겠는가?"

장생이 그녀를 안고 들어가니 서로의 정이 전날보다 백 배나 더하였다. 날이 샐 무렵, 양소유가 장여랑에게 물었다.

"이제 우리 밤마다 만날 수 있겠소?"

"귀신과 사람이 서로 만나기는 간절한 마음 때문이니, 낭군의 마음 간절하다면 제가 어찌 찾지 않겠습니까?"

순간 종소리가 나고, 장여랑은 말없이 일어나 꽃수풀 속으로 사라져버렸다.

그후로 양소유는 벗도 찾지 않고 조용히 별채에 머물며 마음을 한가지로 하여 오로지 장여랑 만나기만을 바랐다.

하루는 정생이 두진인이란 사람과 함께 별채로 양소유를 찾아왔다. 서로 인사를 나누고 나서 정생이 말하였다.

"이분은 태극궁의 두진인이시오. 양형의 *상을 뵈려 함께 왔소

• 상(相) : 얼굴의 생김새,
또는 그 표정.

이다.”

“오래 전부터 높은 이름을 들었지만 인연이 없어 이제야 뵙습니다. 선생이 정형 상을 보았을 터인데 과연 어떠합니까?”

두진인이 답하기 전에 정생이 말하였다.

“선생이 보고 삼년 안에 급제한다 하시니 나는 만족하오. 잘못 이른 적이 없으니 양형도 한번 여쭈어 보시오.”

“군자는 복을 묻지 아니하고 재앙을 묻는다 하니, 선생은 보신 대로 말씀해 주시오.”

두진인이 양소유의 얼굴을 자세히 보다가 말하였다.

“양한림의 관상은 두 눈썹이 빼어나 귀밑까지 이르렀으니 정승할 상이요, 귓불의 귀함으로 어진 이름을 천하에 떨칠 것이요, 군사를 거느리고 만 리 밖에서 제후가 될 상이지만, 한 가지 흠이 있습니다.”

“사람의 길흉화복은 다 정해져 있지만 병은 마음대로 못하는 터, 혹 무슨 중병이 있는지 한번 들어봅시다.”

“지금 귀신의 기가 한림의 몸에 어리었으니, 사흘 후 골수에 들면 낫기 어렵겠습니다.”

“진인의 말씀이니 과연 그러하겠지만, 인간이 오래 살고 일찍 죽는 것은 태어날 때부터 정해진 것이니, 내게 진실로 부귀와 *장상의 상이 있다면 귀신이 나에게 어찌하겠습니까?”

先 生
먼저선 날생
8급 6획 8급 5획

• 장상(將相) : 장수와 재상을 일컬음.

76 구운몽

"일찍 죽는 것도, 오래 사는 것도 다 한림의 일, 나와는 아무 관계없습니다. 마음대로 하십시오."

두진인은 이렇게 말하고 돌아가 버렸다.

정생이 양소유를 위로하며 두 사람은 취하도록 마시고 나서 헤어졌다. 취하여 누워 있던 양소유는 밤이 깊어지자 일어나 향을 피우고 장여랑이 오기를 기다렸다. 어느 순간 창 밖에서 슬프게 말하는 소리가 났다.

장여랑이 울며 말하였다.

"괴상한 도사의 말을 듣고 저를 금하시다니 어찌 이리 가혹하십니까?"

"왜 들어오지 못하는가?"

"나를 오라 하면서 부적을 머리에 붙이셨습니까?"

양소유가 머리를 만져보니 과연 귀신을 쫓는 부적이 붙어 있었다. 즉시 부적을 찢고 내달아 잡으려 하니, 장여랑이 말하였다.

"이제 영원히 이별하니 낭군은 부디 편안하십시오."

울며 담을 넘어가는데 양소유는 붙들지 못하였다.

쓸쓸한 빈 방에 누워 잠도 이루지 못하고 잘 먹지도 못하니 자연 양소유의 모습은 초췌해졌다.

하루는 정사도 부부가 잔치를 베풀고 양소유를 청하여 놀다가 물었다.

臥
누울와
3급 8획

"양랑의 얼굴이 어찌 그리 창백한가?"

"정형과 마신 술이 지나쳐 술병이 났나 봅니다."

사도가 말하였다.

"집안 *비복들의 말을 들으니 어떤 계집과 함께 잔다 하더니, 그래서인가?"

"별채의 화원이 깊은데 누가 들어오겠습니까?"

그때 정생이 말하였다.

"양형은 어찌 아녀자같이 부끄러워하는가? 형이 두진인의 말을 듣지 않아, *축귀 부적을 형의 상투 밑에 넣고 그날 밤 꽃밭에 앉아 지켜보았소. 과연 어떤 계집이 울며 창 밖에서 작별 인사를 하고 가니 두진인의 말이 그르지 아니하였소."

"저에게 과연 괴이한 일이 있습니다."

양소유는 더 이상 숨기지 못하고 전후 사정을 이야기하였다.

사도가 웃으며 말하였다.

"내 젊었을 때 부적을 배워 귀신을 낮에 불러오게 하였는데, 이제 그 미인을 불러 양랑의 마음을 위로해야겠구나."

"장인 어른께서 비록 도술이 용하시더라도 귀신을 어찌 낮에 부르시겠습니까? 그만 놀리십시오."

사도가 파리채로 병풍을 치며 소리쳤다.

"장여랑은 있느냐?"

• **비복(婢僕)** : 계집종과 사내종.

• **축귀(逐鬼)** : 잡귀를 쫓음.

순간 한 미인이 웃음을 머금고 병풍 뒤에서 나오는데 양소유가 눈을 들어 보니 과연 장여랑이었다.

"너는 귀신이냐, 사람이냐? 귀신이면 어찌 대낮에 나오느냐?"

정사도와 최부인은 웃음을 참지 못하고, 정생은 웃다 쓰러져 일어나지를 못하였다. 마침내 사도가 말하였다.

"이제 내가 진실을 밝히겠네. 저 미인은 성은 가씨요, 이름은 춘운이네. 혼자 외로운 그대 생각에 우리 늙은이들이 좋은 뜻으로 춘운을 보내 위로하려 했는데 젊은 아이들이 서로 희롱하여 그대의 마음을 괴롭게 하였도다."

念
생각 념
5급 8획

정생이 웃음을 그치지 못하며 말하였다.

"앞뒤 두 번의 길 안내로 내 기꺼이 중매를 섰거늘 사례는 않고 도리어 원수 삼으려 하다니 양형은 정말 어리석소. 또한 양형은 스스로 청하여 화를 입은 것이니 전날의 잘못을 생각해 보시오."

"나는 지은 죄가 없으니 무슨 잘못이 있겠소?"

"사나이가 변하여 계집이 되었는데, 여자가 변하여 귀신 된 것이 어찌 이상하단 말이오?"

정십삼의 말에 모두들 크게 웃었다. 이날 사람들은 종일토록 웃고 마시며 즐겼다.

핵심⁺ 〈구운몽〉의 비교문학적 의의

중국 문물의 영향을 받은 〈구운몽〉이 중국으로 역수출되어 청나라의 장편소설 〈구운루(九雲樓)〉가 이루어졌음이 밝혀졌다. 이로써 한국이 일방적으로 중국 문화를 받아만 왔다는 '중국에서 한국으로'라는 단향성을 벗어나 서로 영향을 주고받은 점을 생각할 수 있게 된 점에서 작품 〈구운몽〉은 중요한 뜻을 지닌다. 서사문학사상 인도·중국·일본 등 넓게 동양을 아우를 수 있는 대작인 〈구운몽〉은 영어·독일어·러시아어·체코어 등으로 번역되어 서양인들에게까지 소개되었다.

好樂好樂 한자 노트

복복 | 총 14획 | 부수 示 | 5급

신에게 술을 가득 부어 놓고 제사를 지내서 복 받는다는 뜻이다.

福德(복덕) : 타고난 복과 후한 마음.

福樂(복락) : 행복과 즐거움.

福利(복리) : 생활에서 만족감을 느낄 만한 이로운 면.

福不福(복불복) : 복분(福分)의 좋고 좋지 않은 정도. 곧, 사람의 운수.

내가 찾은 사자성어

구를전 재앙화 할위 복복
轉禍爲福
전 화 위 복

내용 》 화가 바뀌어 오히려 복이 된다는 뜻.

요지의 서왕모

도교는 불로장생하는 신선의 존재를 믿고 그 경지에 달하기를 바라는 중국의 전통적인 철학사상 및 종교이다. 서왕모는 도교 신화에 나오는 불사(不死)의 여왕으로, 서화(西華)라는 아름다운 땅에 사는 여자 정령들을 관리한다. 전설에 의하면, 서왕모는 본래 인간과 비슷하지만 표범 꼬리와 호랑이 이빨을 가진 산신령이 아름다운 여인으로 변했다고 한다. 그녀의 서화 정원에는 희귀한 꽃들, 특이한 새들, 불로장생의 복숭아인 반도(蟠桃) 등이 있다고 한다.

재앙화 | 총 14획 | 부수 示 | 3급

신(示)의 노여움을 사서 입이 비뚤어졌다는 데서 재화의 뜻이다.

禍根(화근) : 재화의 근원.
禍亂(화란) : 재화와 세상의 어지러움.
禍厄(화액) : 재앙과 액운.
禍因(화인) : 재화의 원인.
吉凶禍福(길흉화복) : 길흉과 화복을 아울러 이르는 말.

내가 찾은 속담

복은 쌍으로 안 오고 화는 홀로 안 온다

≫ 복 받기는 매우 어렵고 재앙은 연거푸 겹쳐 옴을 이르는 말.

양소유는 말미를 얻어 고향에서 어머니 유부인을 모셔오려고 하였다. 그때 토번이 변방을 어지럽히고 세 절도사가 하북을 연나라, 위나라, 조나라로 나누어 세상을 소란케 하였다. 천자가 조정 대신을 불러 모으고 이 일에 대해 의논하였다. 조정 신하들이 아무도 대책을 내놓지 못하자, 양소유가 천자 앞으로 나아가 말하였다.

"옛날 한무제가 *조서를 내려 남월의 항복을 받았듯이, 급히 조서를 내리시어 천자의 위엄을 보이십시오. 그래도 항복하지 않으면 쳐야 합니다."

천자가 옳게 여겨 양소유에게 즉시 조서를 쓰게 하여 세 나라에 보내니, 조왕과 위왕은 즉시 항복하여 사죄하고, 비단 일만 필과 말 일천 필을 바쳤다. 오직 연왕만은 멀리 떨어져 있고 군병이 강함을 믿어 항복하지 않았다.

천자가 양소유를 불러 치하하였다.

"선왕이 십만 군병으로도 항복받지 못한 나라를 그대는 한 장의 글로써 항복받아 천자의 위엄을 만 리 밖에 빛나게 하니 어찌 아름답지 아니한가?"

비단 삼천 필과 말 오십 필을 상으로 내리고, 장차 벼슬을 높이고자 하였다. 양소유가 이를 사양하며 말하였다.

送
보낼 송
4급 10획

• **조서(詔書)** : 임금의 뜻이나 말을 일반에게 널리 알릴 목적으로 적은 문서.

"아직 연왕이 항복하지 않았는데 신이 어찌 벼슬 올려주시길 바라겠습니까. 원컨대 병사를 이끌고 진군하여 죽음으로써 나라의 은혜에 보답코자 합니다."

천자는 이를 옳게 여겨 양소유에게 절월을 주어 연나라로 진군하게 하였다. 천자에게 절하고 물러나온 양소유는 정사도에게 작별 인사를 하였다.

"슬프다. 변방 절도사가 외람되이 조정을 거역한 지 오래거늘, 서생 양랑을 만 리 밖으로 보내다니, 이 늙은이의 불행이다. 내 늙어 조정 의논에 참여치 못하나 상소하여 말리고자 한다."

萬 里
일만만 마을리
8급 13획 7급 7획

"장인께서는 염려하지 마십시오. 조와 위가 항복하였으니, 연나라 홀로 무슨 일을 할 수 있겠습니까? 저 이제 띠남에 걸고 나라를 욕보이지 않겠습니다."

이렇게 하여 군사를 거느리고 길을 떠난 지 며칠 만에 낙양 땅에 이르렀다. 지난해에는 십육 세 서생으로 나귀를 타고 지났는데, 한 해 사이에 낙양 현령이 길을 정돈하고 하남 부윤이 안내하니, 광채가 비치어 구경하는 사람들이 신선 같다고 감탄하였다.

양소유는 먼저 동자를 보내 섬월을 찾았다. 그러나 섬월은 *신병을 핑계삼아 산중으로 들어간 지 오래였다. 섭섭한 마음을 금하지 못하며 한림은 연나라로 향하였다.

연나라에 이르니 사람들이 변두리에 있어 천자의 위엄을 보지

• 신병(身病) : 몸의 병.

못하였다가, 행차를 보고는 두려워 음식을 장만하여 군사를 먹이고 감사를 표하였다. 가는 곳마다 천자의 위엄을 베푸니 연왕이 즉시 땅에 엎드려 항복하였다. 그리고 황금 일천 냥과 명마 열 필을 바쳤지만 한림은 받지 않았다.

연나라를 떠난 양소유는 서쪽으로 십여 일을 가 한단 땅에 이르렀다. 한 나이 어린 서생이 혼자 말을 타고 행차를 피하여 길가에 섰는데, 자세히 보니 용모의 수려함이 *반악 같고, *위개 같아 한눈에 비범한 인물로 보였다. 양소유가 역관으로 향하면서 시종에게 분부하여 소년 서생을 청해 오도록 하였다. 역관에 이르러 서생을 반갑게 맞으며 양소유가 말하였다.

"길에서 우연히 그대를 만나 가까이 보고 싶어 청하였소. 서로 성명이나 나눕시다."

"저는 하북 사람으로, 성은 적씨요, 이름은 백란입니다. 궁벽한 곳에서 스승과 벗이 없다가 이제 상공께서 부르시니 스스로 재주 없음을 헤아리지 않고 감히 문하에 들기를 청합니다."

양소유가 반가워하며 말하였다.

"내 어진 선비를 얻지 못해 세상 일을 의논치 못하였는데, 그대를 만나니 어찌 아니 즐거운가?"

"두메에 묻혀 살아 견문이 없으나, 버리지 아니하시면 평생 상공을 지키고 모시겠습니다."

• 반악(潘岳) : 진(晋)나라 문인으로 용모가 뛰어나게 잘생김.

• 위개(衛价) : 진(晋)나라 사람으로 어렸을 때부터 풍채가 뛰어남.

양소유는 적생을 데리고 낙양에 이르러 천진루 앞을 지나는데 다락 난간에 한 여자가 기대어 서 있었다. 자세히 보니 바로 계섬월이었다.

객관에 이르니 계섬월이 먼저 와 기다리다가 양소유에게 절하고 앉더니 기쁨을 이기지 못하여 눈물을 흘리며 말하였다.

"낭군과 이별한 후 숱한 선비며 관리들에게 시달림을 받지 않으려고 깊은 산중으로 몸을 피하였습니다. 급제하여 한림 벼슬하신 소식은 들었지만, 이곳을 지나며 찾으실 줄은 모르고 있었습니다. 이제 연나라의 항복을 받고 돌아오시는 낭군의 길을 천지만물과 산천초목이 다 환영합니다. 그 동안 부인은 맞으셨는지요?"

歡 迎
기쁠환 맞을영
4급 22획 4급 8획

"정사도 댁 따님과 혼사를 정하였소. 예는 아직 치르지 않아 서로 보지는 못하였소만, 정소저의 재주와 용모는 그대 말 그대로이니 어진 중매의 은혜를 어찌 다 갚을꼬?"

양소유는 계섬월과 회포를 푸느라고 즉시 떠나지 못하고 하루, 이틀 머무르고 있었다. 하루는 동자가 들어와 조용히 말하였다.

"양한림께서 적생을 어진 선비라 하셨는데, 아닙니다. 지금 섬랑과 희롱하고 있습니다."

"적생은 본디 어진 사람이요, 섬월 또한 내게 지극하니 어찌 다른 뜻이 있겠는가? 그대가 잘못 보았도다."

동자가 부끄러워하며 물러가더니 한참 후에 다시 와서 말하였다.

"상공께서 잠깐 가서 보십시오."

양소유가 동자의 뒤를 따라 숨어 보니 과연 적생이 섬월의 손을 잡고 장난치며 놀고 있었다. 주고받는 말을 듣고자 하여 다가서는데 적생이 보고 놀라 도망하고, 섬월도 부끄러워 말을 못하였다.

"섬월이 그대는 적생과 친하였는가?"

"적생의 누이와 의자매를 맺어 그 정이 동기 같은데, 이렇게 만나 반가워서 안부를 물었을 뿐입니다. 낭군께서 의심하시니, 제 죄백 번 죽어도 아깝지 않습니다."

"내 어찌 섬랑 그대를 의심하겠는가?"

양소유는 아직 어린 적생이 마음쓰여 불러서 위로하려, 사람을 시켜 찾았으나 어디로 갔는지 알 수 없었다. 서운한 마음을 달래며 섬랑과 늦도록 이야기하다가 함께 잠이 들었다. 닭이 울고 날이 새자, 섬랑이 먼저 일어나 촛불을 돋우고 단장을 하였다. 보니 밝은 눈과 고운 태도가 섬랑이었으나 자세히 보니 또 아니었다. 놀라 일어나서 앉으며 물었다.

"그대는 어떤 사람인가?"

여인이 고개를 수그린 채 대답하였다.

素
본디 소
4급 10획

"저는 본디 하북 사람으로, 적경홍이라 합니다. 섬랑과 함께 의자매가 되었는데, 섬랑이 마침 몸이 좋지 않노라 하고 저에게 상공을 모시라 하여 제가 모셨습니다."

그 말이 끝나기도 전에 섬랑이 문을 열고 들어왔다.

"낭군께서 새 사람을 얻었음을 축하드립니다. 일찍이 하북의 경홍을 추천하였는데 과연 어떠십니까?"

"적생의 누이가 있다 하더니 그러한가? 얼굴이 몹시 닮았네."

경홍이 말하였다.

"제겐 동생이 없습니다. 제가 바로 적생입니다."

양소유가 오히려 의심하여 말하였다.

"그대는 어찌 남장을 하고 나를 속이는가?"

"어찌 상공을 속이겠습니까? 저는 연왕 궁에 있던 사람으로, 평생 군자 섬기기를 바라왔습니다. 저번에 연왕이 상공을 맞아 잔치할 때, 벽 틈으로 잠깐 뵌 후에 상공을 따르고자 하였지만, 깊은 궁에서 어찌 나오며 천리만리를 어찌 따르겠습니까? 죽기를 무릅쓰고 연왕의 천리마를 슬쩍 타고 남자 복장을 하여 행차의 뒤를 따라왔습니다. 상공을 속이려 한 것은 아니니 헤아려 주십시오."

그날 밤을 지내고 떠나려 하면서, 양소유가 섬월과 경홍에게 말하였다.

"길이 불편하여 함께 가지 못하니, 당분간 떨어져 있다가 가정을 이룬 뒤 다시 만나기로 하세."

다시 길을 떠난 양소유는 마침내 황성에 이르러 연왕에게 항복 문서와 조공으로 받은 보화를 조정에 바쳤다. 천자가 크게 기뻐하며 상을 내렸고, 한림학사에 다시 예부상서를 더하였다. 양소유는 천자의 은혜에 감사드리고 물러나왔다.

그 뒤로 천자는 양소유의 글과 재주를 사랑하여 자주 궁으로 불러들여 함께 *경사를 토론하고는 하였다. 그래서 한림원에 숙직하는 날이 많았다. 그날도 양소유는 한림원에서 밤을 보내고 있었다. 난간의 글귀를 읊으며 달구경을 하는데, 바람결에 어렴풋하게 퉁소 소리가 들려왔다. 귀를 기울였으나 희미하여 곡조를 분간할 수는 없었다.

양소유는 한림원 관리를 불러 함께 술잔을 기울이다가 백옥 퉁소를 꺼내어 불기 시작하였다. 맑은 소리가 푸른 하늘에 사무치며 오색구름이 사면에 일더니 청학과 백학이 날아 내려와 춤을 추었다. 보는 사람마다 기이하게 여겨 감탄하였다.

"왕자 *진이 다시 인간 세상으로 내려온 것 같다!"

이때 태후에게는 두 아들과 딸 한 명이 있었다. 맏아들은 천자이고, 둘째는 월왕이며, 딸은 난양공주였다. 태후는 한 선녀가 신선의 꽃과 붉은 진주를 걸어주는 꿈을 꾸고 공주를 낳았는데, 옥 같은 얼굴과 난초 같은 태도는 세상 사람이 아니요, 선녀였다. 태후는 이러한 난양을 특별히 사랑하였다.

측천황후 시절에 서역 대진국에서 백옥 퉁소를 바쳤는데, 어느 악공도 이 퉁소 소리를 내지 못하였다. 어느 날 밤, 공주의 꿈에 선

朱
붉을 주
4급 6회

• **경사**(經史) : 경서(經書)와 사기(史記).

• **진**(晉) : 주(周)나라 왕자로, 퉁소로 봉황의 울음소리를 냄. 수도한 지 십년 만에 백학을 타고 하늘로 올라갔다고 함.

녀가 나타나 한 곡을 가르쳐 주었는데, 꿈에서 깨어 그 통소를 불어 보니 청아한 소리가 나며 저절로 곡을 이루었는데 그것은 세상에서 듣지 못하던 곡이었다. 그후로 천자와 태후가 이를 사랑하여 달 밝은 밤이면 공주에게 통소를 불게 하였다. 그때마다 청학이 내려와 춤을 추었다. 태후와 천자는 이를 기이하게 여겨 통소를 잘 불어 신선이 되었다는 *소사와 같은 부마를 얻어주려고 하여 공주는 아직까지 정혼한 곳이 없었다.

그날 밤도 공주의 통소 소리에 춤을 추던 학이 양소유의 통소 소리에 한림원으로 가 춤을 추었다. 이를 본 궁중 사람들은 모두 말하였다.

"양상서가 통소를 불어 선학을 내리게 한다."

이 말을 듣고 천자가 태후에게 말하였다.

"예부상서 양소유의 나이가 누이와 서로 맞고 문장과 용모가 모든 신하 중에 으뜸이니 천하를 돌아다녀도 부마로 이보다 더 좋은 사람은 찾을 수 없습니다."

태후가 크게 기뻐하여 말하였다.

"소화의 혼사를 정하지 못하여 밤낮으로 염려하였는데 양소유는 진실로 하늘이 정해준 소화의 배필, 내가 상서를 만나 혼사를 청하고자 하오."

소화는 곧 난양공주의 이름으로, 백옥 통소에 '소화' 두 글자가

모든제

3급 16획

• 소사(簫史) : 진(秦)나라 공주 농옥(弄玉)의 남편으로 통소의 명인. 통소 소리로 능히 백학을 불러 마당에서 춤을 추게 함.

새겨져 있어 그렇게 이름 지었다.

천자가 말하였다.

"상서를 불러 별전에 앉히고 문장을 논할 때, 태후께서는 주렴 속에서 보시도록 하십시오."

"그렇게 하는 것이 좋겠소."

천자는 곧 봉래전에 자리를 잡고 태감을 시켜 양소유를 불렀다. 그때 양소유는 바야흐로 정십삼과 함께 장안 술집에서 술을 마시면서 명창들에게 노래를 부르게 하고 있었다. 태감이 급히 찾으며 천자의 부름을 전하니 양소유는 취중에 기생에게 붙들려 관복을 차려입고 궁으로 들어갔다.

천자가 반갑게 맞아 자리를 내주며 예와 지금 시인들의 우열을 논하도록 하였다. 취한 중에도 양소유가 하나하나 문장을 들어가며 헤아려 나갔다.

"제왕의 문장으로는 현종 황제가 으뜸이고, 신하의 글로는 시인 이백을 대적할 자가 없습니다."

천자가 매우 기뻐하며 말하였다.

"짐이 이백을 보지 못하여 한이었는데, 경을 얻으니 무엇을 더 부러워하겠는가? 짐이 글 하는 궁녀들을 가려 *여중서에 봉하였소. 그대의 좋은 글을 얻어 보배로 삼으려 하니 그들에게 각각 글을 지어주어 저들의 사모하는 마음을 저버리지 마오. 짐 또한 그대의 글

名唱
이름명 부를창
7급 6획 5급 11획

• 여중서(女中書) : 궁중의 문서와 문필을 맡은 여자 관리.

90 구운몽

쓰는 재주를 보고자 하오."

궁녀들이 벼룻집이며 연적을 양소유 앞에 놓자, 기다렸다는 듯여러 여중서들이 준비한 종이며, 비단 수건, 부채 등을 내놓았다.

양소유가 취흥이 도도하여 붓을 들어 한 번 휘두르니 구름과 바람이 일며 용과 뱀이 엉겨 뒤트는 것 같았다. 잠깐 사이에 앞에 놓인 종이와 수건과 부채 등에 글이 가득하였다. 순식간에 여중서들에게 다 돌아가도록 글을 지으니, 각자 그 글을 차례로 천자에게 올렸다.

"놀랍고도 놀랍도다. 이 주옥 같은 글을 위해 수고가 많았으니너희가 한 잔씩 권해 드려라."

명에 따라 여중서들이 다투어 술을 올리니 양소유, 삼십어 잔을마시고는 몹시 취하였다.

천자가 여중서들을 둘러보며 말하였다.

"이 글 한 구절의 값을 논하면 천금과 같다. 옛글에 '모과를 던지면 구슬로 답하라' 하였으니, 너희는 무엇으로 보답하겠느냐?"

모두들 봉황을 새긴 금비녀도 빼고, 백옥과 금으로 된 노리개도끄르며, 옥가락지도 벗어 다투어 양소유에게 던지니 잠깐 사이에그의 앞에는 패물이 쌓였다.

천자는 필묵과 벼루, 연적과 쌓인 패물을 거두어 양소유에게 내렸다. 양소유가 머리를 조아려 감사하고 일어나 돌아오니, 춘운이 내달아 맞으며 물었다.

"어느 집에 가셔서 이리 취하셨습니까?"

양소유가 필묵, 벼루와 여러 가지 패물들을 내어주며 춘운에게 말하였다.

"이 보화는 천자께서 춘랑에게 상으로 내리신 것이다."

춘운이 다시 묻고자 하였으나, 양소유는 벌써 잠이 들었다.

다음날 양소유가 일어나 세수하는데 문지기가 급히 와서 알렸다.

"월왕께서 오셨습니다."

양소유가 크게 놀라며 맞아들였다. 월왕은 천자의 아우로, 스물 남짓 되었는데 얼굴이 *천인 같았다.

"전하께서 무슨 일로 누추한 자리에 오셨습니까?"

"*황상의 명을 받아 왔소. 지금껏 부마를 정하지 못하였는데, 황상께서 상서의 재덕을 사랑하여 혼인을 맺으려 하시기에 먼저 와 알려드립니다."

양상서가 크게 놀라 말하였다.

"황상의 은혜가 이렇듯 크오니 아뢸 말씀이 없습니다. 하오나 정사도 댁 따님과 혼인을 정하여 *납폐한 지 삼 년이니, 부디 이 사정을 아뢰어 주십시오."

월왕이 말하였다.

"내 돌아가 아뢰겠소만, 슬프오. 상서를 사랑하는 일이 헛수고가 되었군요."

"혼인은 인륜에 관계된 일이라 어찌 할 수가 없습니다. 뒤따라 궐밖에 이르러 죄를 빌겠습니다."

월왕이 돌아간 뒤 양소유는 사도에게 월왕의 말을 전하려 하였다. 그러나 이미 춘운이 말하여 온 집안이 어쩔 줄 모르고, 정사도도 근심이 가득하였다. 양소유가 위로하여 말하였다.

"걱정 마십시오. 천자께서 밝으셔서 예를 중하게 여기시니 신하된 자의 윤리를 어지럽히실 리 있습니까?"

태후가 봉래전에서 양소유를 처음 보고 크게 기뻐하여 천자에게 말하였다.

倫 理
인륜륜 다스릴리
3급 10회 6급 11회

"하늘이 정해준 난양의 배필이니 어찌 다른 생각이 있겠소?"

그런 다음 월왕에게 먼저 이 뜻을 통하게 하였던 것이다.

천자가 별전에 있다가 양소유의 신묘한 글솜씨를 생각하다가 다시 보고자 하여 *태감에게 여러 여중서가 받은 시를 거두어들이라고 명하였다. 궁녀들은 모두 받은 글을 잘 간수하였다. 그런데 한 궁녀만은 양소유가 글 쓴 부채를 들고 자기 방으로 들어가더니 슬피 울면서 먹지도 자지도 않았다. 이 궁녀의 성명은 진채봉이니 화주 진어사의 딸이다. 그녀는 진어사가 처형된 후 궁궐의 노비가 되었는데 천자가 보고 사랑하여 후궁에 봉하려 하자, 황후가 그 용모와 재덕이 뛰어남을 염려하여 말하였다.

• 태감(太監) : 비서의 일을 하는 벼슬 이름. 명나라 이후 환관으로 바뀜.

"진씨 딸의 재주와 행실이 족히 후궁에 봉함직하지만 제 아비를 죽이고 그 딸을 가까이 함은 옳지 아니합니다."

천자가 그 말을 옳게 여겨 채봉에게 여중서 버슬을 주어 궁중의 문서를 맡게 하고, 난양공주를 모시게 하였다. 난양공주도 채봉의 재주와 용모를 사랑하여 잠시도 떠나지 못하게 하였다.

그날 진채봉도 태후를 모시고 봉래전에서 양소유의 글을 얻었다. 채봉이 살아 있음을 알지 못한 양소유는 알아보지 못하였지만, 채봉은 그를 알아보고 자연 슬픈 마음을 이기지 못하였다. 남이 자신의 슬픔을 알까 두려워 부채를 들고 물러나와 양소유에게 받은 글을 읊으니 눈물이 일천 줄이었다. 옛일을 생각하며 그 글에 화답하여 시를 한 수 썼는데, 갑자기 태감이 왔다. 그러고는 양상서의 글을 다 거두어들이라 하셨다 하니, 채봉이 크게 놀라 소리쳤다.

自決
스스로자 결단할결
7급 6획 5급 7획

"다시 찾으실 줄을 알지 못하고 그 글에 화답하였는데, 그 죄가 중하니 차라리 지금 자결하겠습니다."

태감이 말하였다.

"황상께서 인자하시니 죄 아니 내리실 것이요, 나 또한 힘써 도울 것이니 염려 말고 갑시다."

채봉이 마지못하여 태감을 따랐다.

태감이 모든 궁녀의 글을 거두어 올렸다. 천자가 글마다 일일이 보다가 채봉의 부채를 보더니 물었다.

"상서의 글에 누가 화답하였느냐?"

태감이 말하였다.

"들어보니, 진씨가 '다시 찾으실 줄 모르고 외람되게 화답하여 썼습니다.' 하고 죽으려 하매 소신이 말려 여기 데려왔습니다."

천자가 다시 채봉의 화답한 글을 보았다.

비단 부채 둥글어 가을 달 같은데

일찍이 누각 위에서 부끄러워 얼굴 가렸네.

지척에 두고도 알아보지 못하실 걸 알았더라면

그때 그대 자세히 보시게나 할걸, 후회스럽네.

"진씨에게 반드시 사사로이 정 둔 이가 있도다. 어떤 사람이기에 이 글이 이러한가? 진씨의 시 쓰는 재주가 아름답구나."

태감에게 명하여 불러들이도록 하니, 채봉이 섬돌 아래에 엎드려 울부짖었다.

"죽을 죄를 지었습니다. 죽여 주십시오."

"속이지 말고 바로 아뢰렷다. 어떤 사람이냐?"

채봉이 눈물을 흘리며 말하였다.

"황상께 어찌 속이겠습니까? 저의 집안이 아직 그릇되지 아니하였을 때, 상서가 과거를 보러 가다가 저와 '양류사'로 화답하고 혼

인을 언약하였는데, 봉래전에서 글을 지을 때 저는 상서를 알아보
았지만 상서는 저를 알지 못해 슬픈 마음을 이기지 못하여 이렇듯
화답하였습니다. 저의 죄, 백 번 죽어 마땅합니다."

"네 '양류사'를 기억하느냐?"

채봉이 즉시 '양류사'를 써서 올리니, 천자가 부채를 내어주며
말하였다.

"네 죄가 무거우나 그 재주가 기특하도다. 돌아가 난양을 정성
으로 섬기도록 하라."

이날 천자가 태후를 모시고 있는데, 월왕이 돌아와 양소유의 납
폐 사실을 전하니, 태후가 크게 노하여 말하였다.

"상서 양소유는 조정의 체면을 살펴야 할 터, 어찌 나라의 영을
거역한단 말인가?"

다음 날 천자가 양소유를 불러 말하였다.

"내 누이의 재질이 뛰어나 경이 아니면 가히 배필 될 사람이 없
소. 그래서 월왕을 경의 집에 보냈는데, 정사도의 딸로 하여 경이
사양한다 하니 애석하오. 예로부터 부마를 정하면 얻은 아내라도
내보냈는데, 양상서는 아직 혼례를 올리지 않았으니 자연히 정소
저 시집갈 곳이 있을 터인데 어찌 *조강지처를 내치는 일이 되겠
는가?"

양상서가 머리를 조아리며 말하였다.

• 조강지처 : 101쪽 '조강
지처(糟糠之妻)' 참조.

"깨우쳐주시니 그 은혜 깊습니다. 하오나 신의 경우는 다른 사람과는 다릅니다. 신은 먼 지방 사람으로 황성에 몸 맡길 곳이 없던 차에 정사도의 은혜를 입어 그 딸과 부부의 뜻을 정하였습니다. 다만 아직 혼례를 하지 못한 것은 나랏일로 어머니를 모셔오지 못하였기 때문입니다. 지금 황상의 명에 따른다면 정소저는 어떻게 됩니까. 아녀자가 제 있을 곳을 얻지 못한다면 어찌 *왕정에 흠이 된다 하지 않겠습니까?"

"그러하나 혼례를 행치 아니하였으니 정씨 여자가 무슨 수절을 하며, 태후가 경의 재덕을 사랑하여 부마를 정하고자 하시니 나 또한 마음대로 할 수 없다. 경은 과히 사양치 말라. 그대는 나와 바둑이나 두자."

양소유가 천자와 종일토록 바둑을 두다가 나오니, 정사도가 눈물을 흘리며 말하였다.

"오늘 태후께서 '양상서의 예물을 빨리 내어주라. 아니면 큰 벌이 있을 것이다.' 하시어 춘랑을 시켜 별채에 내다두었네. 나는 어떻게 마음을 다스리겠지만, 집사람은 정신을 차리지 못하네. 세상 천지에 이런 일이 어디 있는가?"

양상서가 말을 못하다가 한참 후에 입을 열어 위로하였다.

"제가 상소하여 자세히 밝히겠습니다. 조정에 어찌 공론이 없겠습니까."

公 論
공평할 공 논할 론
6급 4획 4급 15획

· ·
• 왕정(王政) : 왕도(王道)
로써 다스리는 정치.

"지금껏 두 번이나 명을 거역했는데, 이제 상소까지 하면 자네는 반드시 무거운 죄를 얻을 터, 그러니 그만두시게. 황상의 명이 이렇듯 엄하니, 서운하더라도 거처를 옮기도록 하시게."

양소유가 별채로 가니, 춘운이 폐백 예물을 챙겨 건네며 말하였다.

"아가씨의 명으로 낭군을 모셔왔으나 혼사가 어긋났으니, 저도 이제 그만 낭군께 이별을 고합니다."

"내가 상소하여 힘쓰고 있지만, 설사 천자께서 허락하지 않으신다 해도 춘랑은 이미 내게 몸을 맡겼는데, 어찌 나를 버린다 하는가?"

"*여필종부의 뜻을 제가 어이 모르겠습니까마는, 어려서부터 아가씨와 죽고 사는 것을 함께하자고 맹세하였습니다. 낭군을 모시게 된 것도 아가씨의 명 때문입니다. 아가씨가 평생 수절하는데 제가 어떻게 해야겠습니까?"

"아가씨는 동서남북 뜻대로 가겠지만 춘랑이 아가씨를 좇아 다른 사람을 섬긴다 하면 이를 어찌 여자의 정절이 있다고 할 수 있는가?"

"낭군께서는 우리 아가씨를 알지 못하십니다. 아가씨는 부모 슬하에 있다가 이분들 백세 후에 세상과 인연을 끊고 절에 몸을 맡기고자 하십니다. 이러할진대 제가 홀로 어디로 가겠습니까? 부디 낭

守節
지킬수 마디절
4급 6획 5급 15획

• 여필종부(女必從夫) : 아내는 반드시 남편의 뜻을 따라야 함을 이르는 말.

군께서는 편안하십시오."

춘랑은 말을 마치고 안으로 들어갔다.

양소유는 길게 탄식만 하였다. 그러더니 안타까운 마음 그대로 상소문을 써서 천자께 올렸다. 천자가 보고 태후에게 알리니, 태후가 크게 노하여 서릿발 같은 명을 내렸다.

"양상서를 감옥에 가두어라!"

조정 대신들이 모두 간하였으나 황제의 대답은 한결같았다.

"나도 벌이 너무 무거움을 알고 있소. 허나 태후의 진노하심이 커 용서할 수가 없소."

태후는 양소유를 괘씸하게 여겨 태도를 누그러뜨리지 않았고, 정사도는 황공하여 대문을 닫고 손님을 맞지 않았다.

皇 帝
임금황 임금제
3급 9획 4급 9획

작가 김만중의 국문학에 대한 의식

문학사의 흐름에서 민족의 사상과 감정을 고유의 문자로 표현한 국문문학은 훈민정음의 창제와 함께 한문문학과 경쟁·공존의 과정을 거쳐 극복의 성과를 이루었다. 국문문학에 대한 의식의 적극적인 전환은 일찍이 김만중에게서 나타났다. 근대로 넘어오면서 한문문학은 문학사에서 차차 사라지고 국문문학만이 민족어 문학으로서 국문학을 이끌어가게 되었다. 조선초 사대부들의 시조와 가사 문학은 국문문학의 큰 성과이며, 조선 중기에 와서 김만중의 〈사씨남정기〉, 작자 미상의 〈박씨전〉 등을 비롯해 많은 국문소설이 지어졌다.

好樂好樂 한자 노트

위엄위 | 총 9획 | 부수 女 | 4급

집안에서 가장 위엄있는 시어머니를 뜻하지만 그보다는 위엄으로 널리 쓰인다.

威力(위력) : 사람을 위압하는 힘. 강대한 힘이나 권력.
威勢(위세) : 위엄이 있는 기세.
威壓(위압) : 위력으로 억누르거나 위엄으로 을러댐, 또는 그 압력.
威風(위풍) : 위엄이 있는 풍채나 모양.

내가 찾은 사자성어

여우호 거짓가 범호 위엄위

狐假虎威
호 가 호 위

내용 » 여우가 범의 위세를 빌려 호기를 부린다는 뜻으로, 남의 권세에 의지하여 위세를 부림을 이르는 말.

조강지처(糟糠之妻)

후한 광무제 때 송홍(宋弘)은 덕망이 높은 이였다. 당시 홀로 된 누이를 위해 광무제는 송홍을 불러 떠보았다.

"옛말에 지위가 높아지면 친구를 바꾸고, 부유해지면 아내를 바꾼다고 하는데, 그럴 수 있는 일이오?"

"어려운 때 사귄 친구는 잊지 말아야 하고, 지게미와 쌀겨를 먹으며 고생을 함께한 아내[糟糠之妻]는 결코 버리지 않는다고 들었습니다."

송홍의 대답에 광무제는 고개를 끄덕였다. '조강지처'는 왕이라 해도 그 뜻을 꺾을 수 없었던 송홍의 고사에서 나온 말이다.

엄할엄 | 총 20획 | 부수 口 | 4급

험산에 우뚝 솟은 바위 같은 위엄으로 호령한다는 뜻이다.

嚴格(엄격) : 매우 엄함.

嚴密(엄밀) : 빈틈이 없음.

嚴罰(엄벌) : 엄하게 처벌함, 또는 엄한 벌.

嚴父(엄부) : 엄격한 아버지.

嚴冬雪寒(엄동설한) : 눈 내리는 깊은 겨울
　　의 심한 추위.

내가 찾은 속담

무섭다니까 바스락거린다

≫ 남의 약점을 알고 더욱 곤란하게 함을 이르는 말.

이때 강성해진 토번 오랑캐가 중국을 얕보아 사십 만 대군으로 *변방 여러 지방을 함락하였으며, 그 선봉이 이미 위교 가까이 이르렀다. 황성이 어수선해진 가운데 천자는 조정 대신들을 불러 대책을 의논하였다. 대신들이 아뢰었다.

"황성의 군대가 수만을 넘지 못하고, 변방에 있는 군사를 부를 틈도 없습니다. 잠깐 황성을 버리고 관중으로 옮기셔서 여러 도의 병마를 모아 잃은 땅을 회복하심이 옳을까 합니다."

回 復
돌아올회 회복할복
4급 6획 4급 12획

천자는 선뜻 결정을 내리지 못하고 망설이다가 말하였다.

"양소유가 꾀를 잘 내고 결단도 빨라 전에도 군병을 쓰지 아니하고 세 진영을 정벌하였소. 양상서가 아니면 이 급박한 사태를 당할 사람이 없소."

천자는 즉시 태후에게 청하여 양소유를 감옥에서 불러내었다. 그리고 급박한 사태를 함께 의논하였다.

"모두들 일단 관중으로 피해야 한다고 하는데, 경의 생각은 어떠하오?"

"황성은 종묘와 궁궐이 있는 곳입니다. 한번 버리시면 천하 인심이 흔들려 수습하기 어렵습니다. 신이 비록 재주 없으나 수천 군사만 주신다면 죽기로 싸워 도적의 무리를 무찌르겠습니다."

• 변방(邊方) : 나라와 나라의 경계가 되는 변두리 지역. 변경(邊境).

천자는 양소유를 장수로 삼아 *경기군 삼만을 주어 적을 막도록 하였다. 즉시 군사를 거느리고 위교로 진군해 간 양소유는 오랑캐 선봉부대와 싸워 좌현왕을 사로잡았다. 지휘자를 잃은 적은 기세가 크게 꺾여 물러가기 시작하였다. 그 뒤를 바짝 쫓으며 세 번 싸워 세 번 크게 이긴 양소유는 적군 삼만여 명의 목을 베고 좋은 말 팔 천 필을 얻었다. 승전 보고에 천자는 크게 기뻐하며 군사를 돌려 돌아오도록 하였다. 이에 양소유는 군 진영에서 상소문을 올렸다.

"비록 패하였다 하나 물리쳐 없앤 적은 십분의 일도 되지 않으니 지금 돌아간다면 오히려 다시 쳐들어올 마음을 일으킬 것입니다. 바라건대 이 기세를 타고 적진 깊이 쳐들어가 왕을 사로잡고 나라를 멸망시켜 자손의 근심을 없애고자 합니다."

천자가 상소를 보고 장하게 여겨 양소유에게 어사대부 겸 병부상서 정서대원수 벼슬을 내리고, *상방보검, 붉은 활과 화살, *통천어대를 내렸다. 또 *백모황월을 주어 삭방, 하동, 산남, 농서 지방의 병마를 불러 쓰도록 하였다.

양소유는 십만 대군을 모아 *군기에 제사지내고 토번 정벌의 길을 떠났다. *팔괘에 맞추어 진을 쳤는데 군대의 모습은 엄숙하고 위의가 당당하였다. 적을 쳐부수기를 대나무 쪼개듯 거침없어 몇 개월 사이에 빼앗겼던 오십여 성을 되찾았다.

勝 戰
이길 승 싸움 전
6급 12획 6급 16획

• 경기군(京畿軍) : 수도에 주둔하는 군대.

• 상방보검(尙方寶劍) : 천자가 쓰는 칼의 이름. '상방'은 천자가 쓰는 기물을 만드는 곳.

• 통천어대(通天御帶) : 무소의 뿔로 꾸민 천자의 띠.

• 백모황월(白旄黃鉞) : 흰소의 꼬리로 만든 수기와 황금으로 꾸민 부월.

• 군기(軍旗) : 군의 각 단위 부대를 나타내는 기.

• 팔괘(八卦) : 진 치는 법의 하나. 팔진괘. 황제(黃帝)가 이 진법을 이용한 후 이 법을 알고 있는 명장은 강태공·손무자·한신·제갈공명 등뿐임.

계속 전진하던 군대가 적석산 아래 이르렀을 때, 갑자기 회오리 바람이 일더니 까치가 울며 진을 가로질러 날아갔다. 양소유가 말 위에서 점을 쳐보았다.

"머지않아 적진 사람이 우리 진영에 침입하겠지만 마침내는 좋은 일이 있으리라."

곧 군대를 산 아래 머물게 하고, 삼군을 경계하여 엄하게 방비하도록 하였다. 그날 밤 양소유는 장막 가운데 앉아 촛불을 밝히고 병서를 보고 있었다. 갑자기 한바탕 바람이 불더니 촛불이 꺼지며 찬 기운이 밀려왔다. 진 밖을 도는 순라 소리로 보아 시각은 삼경이었다. 문득 한 여자가 공중에서 내려와 양소유 앞에 섰다. 살펴보니 손에 비수가 들려 있었다. 자객임을 짐작하고 양소유는 얼굴빛도 바꾸지 않은 채 물었다.

汝
너 여
3급 6회

"너는 어떤 사람인데 깊은 밤에 나의 장막에 찾아왔느냐?"

"토번의 *군장 찬보의 명으로 양상서의 머리를 가지러 왔습니다."

양소유가 웃으며 말하였다.

"대장부가 어찌 죽기를 두려워하리. 네 나의 머리를 가져가라."

갑자기 여자가 비수를 던지고 엎드리더니 머리를 들어 말하였다.

"상서께서는 염려치 마십시오. 제가 어찌 감히 귀인을 해치겠습니까?"

• 군장(軍長) : 원시부족사회에서 신관·관리·군인 따위 지배계급 위의 최고 지배자.

양상서가 여인을 붙들어 일으키고 물었다.

"그대가 나를 해치지 아니함은 어찌된 일인가?"

"저는 양주 사람으로, 심요연이라 합니다. 일찍이 부모를 여의고 한 여도관을 따라 진해월, 김채홍과 함께 검술을 배워 바람을 타고 천 리를 가게 되었습니다. 스승께서는 사나운 사람을 죽이고자 하면 언제나 해월과 채홍을 보냈습니다. 제가 '제 재주가 두 사람에게 미치지 못하여 쓰기에 부족하십니까?' 하고 물으니, '너는 인간 세상의 귀한 사람, 당나라 양상서의 배필이 될 터, 어찌 사람을 해칠 것인가? 이번에 토번이 천하 자객을 모아 양상서를 죽이려 하니, 네 어서 가서 구하라.' 하시기에, 제가 토번에 이르러 자객들을 물리치고 왔습니다."

양소유가 크게 기뻐하여 말하였다.

"낭자가 위급함에서 목숨을 구해 주고 또 나를 섬기려 하니 이 은혜를 어찌 다 갚겠는가? 낭자와 함께 백년해로하기만을 바라오."

危 急
위태할 위 급할 급
4급 6획   6급 9획

그날 밤, 양소유는 군영의 장막 안에서 창검 빛으로 화촉을 대신하고 심요연과 잠자리를 함께하였다. 그후 새 즐거움에 빠진 양소유는 삼일 동안이나 장수들을 만나지 않았다.

심요연이 문득 작별 인사를 하였다.

"군영은 여자가 있을 곳이 아닙니다. 이만 돌아가겠습니다."

"낭자는 세상 사람이 아니다. 적을 물리칠 묘책을 가르쳐주지 않고, 어찌 나를 버리고 가려 하오?"

"상공의 신선 같은 무예로 패한 도적을 치는 것은 썩은 나무 부러뜨리기보다 쉬우니, 어찌 염려할 바 있겠습니까? 제가 아직 스승께 하직 인사를 올리지 못하였으니 돌아가 모시고 있다가 상공께서 적을 진압하고 군사를 돌리실 때를 기다려 따라가 모시겠습니다."

"그렇게 하는 것이 좋기는 하겠소. 하지만 그대가 간 후에 저쪽에서 다른 자객을 보내오면 어떻게 방비해야 하오?"

"자객이 비록 많으나 제게 맞설 적수는 없습니다. 그러하니 제가 상공께 귀순한 것을 알면 다른 사람은 감히 오지 못할 것입니다."

심요연은 허리춤에서 묘아환이란 구슬을 꺼내어 양소유에게 주며 일렀다.

"이것은 찬보의 상투에 매었던 구슬입니다. 사자를 시켜 이 구슬을 찬보에게 보내고 제가 다시 돌아가지 않을 것임을 알리십시오."

양소유가 다시 물었다.

"그밖에 또 무슨 일러줄 말은 없는가?"

"진군해 가시다 보면 반드시 반사곡을 지나시게 됩니다. 그 길은 좁고 험하며, 마실 물도 귀합니다. 모든 점에 조심하여 행군하시고 샘을 파서 군사들에게 물을 마시게 하십시오."

말을 마치며 하직 인사를 올렸다. 양소유가 붙들어 무슨 말이라도 더 묻고자 하는데, 심요연이 몸을 솟구쳐 공중으로 오르더니 온

데 간 데 없었다.

양소유가 장수들을 불러 심요연의 일을 전하였다.

"장군의 크나큰 복이 하늘과 같아서 이인이 와서 도왔습니다."

장수들이 그 일을 기뻐하며 모두 치하하였다.

양소유는 즉시 사자를 토번에 보내어 묘아환을 전하도록 하였다.

양소유 군대가 행군한 지 여러 날 만에 큰 산 아래 이르렀는데, 길이 매우 좁아 말 한 필이 겨우 지나갈 만하였다. 그런 길이 수백 리 이어지다가 조금 넓은 곳이 나와 진을 치고 삼군을 쉬게 하였다. 산 아래 호수가 있었는데, 오랫동안 걸어와 목이 말랐던 군사들이 다투어 그 물을 마셨는데 순식간에 온몸이 푸르게 변하더니, 말도 못하고 죽어갔다.

湖 호수호 5급 12획 水 물수 8급 4획

양소유가 크게 놀라 살피니 물이 깊어 그 속을 알 수 없고 찬 기운만 가득하였다. 이때 심요연이 주의하라던 '반사곡'이 생각나 즉시 샘을 파게 하였다. 열 길을 파도 물이 나오지 않아 진을 옮기고자 하였다. 그때 갑자기 북소리가 천지에 진동하더니 적병이 몰려나와 진을 치며 길을 끊었다.

양소유의 군대는 나아갈 수도 물러날 수도 없었다.

밤이 깊어 양소유는 깜박 잠이 들었다. 문득 푸른 옷을 입은 여동 둘이 앞에 와 서며 말하였다.

"우리 아가씨가 상서께 말씀을 전하고자 하오니, 잠깐 같이 가시지요."

"너희 아가씨는 어떤 사람이냐?"

"우리 아가씨는 동정 용왕의 작은따님으로, 요즘 화를 피하여 여기에 와 계십니다."

"용녀는 깊은 물속에 살고, 나는 세상 사람인데 어찌 갈 수 있겠는가?"

"진영문 밖에 매어둔 말을 타시면 가실 수 있습니다."

양소유가 여동들을 따라 나와 말을 타니 순식간에 호수 속으로 들어가는데 말의 네 굽에서 흰 먼지가 일었다. 이윽고 궁궐이 나타나는데 장엄하였다. 여동들이 양소유를 안내하여 백옥으로 꾸민 의자에 앉기를 권하였다. 곧 시녀들이 한 여인을 모시고 앞으로 나왔다.

시녀 한 사람이 크게 소리쳤다.

"동정호 용왕 따님께서 상서께 뵙기를 청합니다."

양소유가 놀라 피하고자 하나 좌우에서 시녀가 붙잡으니 어쩔 수 없었다. 용녀가 예를 갖추어 절을 한 후 무릎을 꿇고 앉았다. 양상서가 말하였다.

"양소유는 인간 세상 사람이요, 낭자는 용궁 선녀인데 어찌 이러십니까?"

"저는 동정 용왕의 작은딸 백능파입니다. 제가 태어났을 때 부왕이 하늘의 장진인에게 제 팔자를 물으니, '이 아기는 천상 선녀로,

白 玉
흰백 구슬옥
8급 5획 4급 5획

인간 양상서와 영화를 누리다가 불가로 돌아가리라.' 하였답니다. 그 뒤, 남해 용왕의 태자가 제게 구혼하여, 우리 동정은 남해 소속이라 부왕이 거역하지 못하니 그를 피해 여기서 살고 있습니다. 이 물은 백룡담으로, 제가 맛을 변하게 하여 사람이 통하지 못하게 하였습니다. 이제 상서를 청하여 제 평생을 의탁하려 하는데, 상서의 근심은 곧 제 근심, 물맛을 다시 달게 할 것이니, 군사가 마시면 자연 병이 나을 것입니다."

　"낭자의 말을 들으니 하늘이 정한 연분이오. 아름다운 기약의 때를 오늘밤으로 정함이 어떠하오?"

"따를 수 없습니다. 이미 허락하였으나 부모께 말씀드리지 아니하였으니 옳지 않고, 남해 태자가 수만 군을 거느리고 있으니 그 우환이 상서께 미칠 것을 염려함이요, 그리고 제가 몸의 비늘을 벗지 못하였으니 그로써 귀인을 더럽힘이 옳지 않습니다."

"낭자의 말씀이 아름다우나 내 생각은 그렇지 않아요. 낭자께서 나를 청하심은 부왕께서 나를 따르게 하셨기 때문인데 어찌 부모께 알리지 않음을 걱정하오? 낭자는 신령의 자손으로, 몸의 비늘을 어이 꺼리시며, 내 비록 재주 없으나 백만 군사를 거느렸으니 남해 태자를 어찌 두려워하겠소?"

양소유가 용녀를 이끌고 잠자리에 드니 그 즐거움은 인간 세상보다 백 배나 더하였다.

아직 날도 새지 않았는데 우레 소리가 터지더니 진영이 사납게 흔들렸다. 그 바람에 용녀가 잠을 깨어 일어나 앉으니 궁녀가 들어와 알렸다.

"지금 남해 태자가 군병을 거느리고 와서 상서와 생사를 다투고자 합니다."

양상서가 크게 웃으며 밖으로 나가보니, 남해 군병이 백룡담을 여러 겹으로 에워싸고 함성이 천지를 진동하였다.

남해 태자가 소리쳐 꾸짖었다.

"양소유 너, 남의 혼사를 깨뜨리고 나의 정혼자를 겁탈하였으니, 맹세하건대 내 너와 하늘과 땅 사이에 함께하지 않으리라.”

양소유가 크게 웃으며 소리쳤다.

“동정호 따님이 나를 따른 것은 나와의 인연 때문, 나는 다만 하늘의 명에 순종할 따름이니라.”

말을 마치기가 무섭게 깃발을 휘둘러 백만 군사로 싸우니, 천만 용궁의 군사가 패하여 뿔뿔이 흩어졌다. 원참군 별주부와 잉어 제독을 한 칼에 베고 남해 태자를 사로잡았으나 그 죄를 묻고 놓아주었다.

그때 동남쪽에서 상서로운 기운과 함께 붉은 옷을 입은 사자가 내려와 양소유에게 말하였다.

“동정호 용왕께서 양원수의 공덕을 치하코자 지금 응벽전에 잔치를 베풀고 함께 즐기기를 청하십니다.”

“내가 삼군을 거느리고 적과 대치하고 있는데, 동정호는 이곳에서 만 리 밖, 가고 싶다 한들 어찌 갈 수 있겠는가.”

“이미 수레를 갖추어 여덟 마리 용을 매어두었으니 한나절이면 돌아올 수 있습니다.”

車
수레 거
7급 7획

사자의 말에 양소유와 용녀는 함께 수레 위에 올랐다. 곧 신령한 바람이 수레를 몰아 공중으로 오르더니, 순식간에 동정호 용궁에 이르렀다. 용왕이 멀리 나와 맞이하며 손님과 주인의 예를 행하니 위의가 엄숙하였다.

용왕이 물의 족속들을 모아 축하하는 잔치를 벌이니, 진귀한 음식과 술이 넘쳐나고, 음악이 연주되는데 아름답고 호탕하기가 인간 세상의 것과는 달랐다.

술이 아홉 차례 돈 후에 양상서가 용왕에게 작별 인사를 하였다.

"군대 일로 오래 머물지 못하겠습니다."

능파와 뒷날을 기약하며 양소유는 돌아가기 위해 용왕과 함께 궁 밖으로 나왔다. 문득 산이 하나 보이는데 다섯 봉우리가 구름 속에 우뚝하고, 붉은 안개가 봉우리를 둘러 흐르며, 층암절벽이 하늘에 이어진 듯하였다. 양소유가 용왕에게 물었다.

"저 산 이름은 무엇입니까?"

"남악 형산이라 하는데 산천이 아름답고 경개가 거룩합니다."

"어떻게 하면 저 산에 올라 구경할 수 있을까요?"

용왕이 웃으며 말하였다.

"해가 저물지 아니하였으니 잠시 구경하여도 그리 늦지 않을 것입니다."

양소유가 오르자 수레는 곧 산 아래에 이르렀다. 수레에서 내려 죽장을 짚고 많은 봉우리와 계곡을 차례로 구경하며 오르는데 어디선가 경쇠 소리가 들렸다.

戰 爭
싸움 전 다툴 쟁
6급 16획 5급 8획

"슬프다, 이렇듯 아름다운 경치를 버리고 전쟁에 골몰하니 언제나 공을 이루고 물러나 이런 산천을 찾을까?"

경쇠소리를 따라 올라가니 절이 하나 있는데 법당이 맑고 깨끗하였다. 눈썹이 길고 골격이 빼어나며 정신이 맑아 보이는 한 노승이 양소유를 보고는 여러 스님들을 거느리고 법당에서 내려와 예를 표하며 말하였다.

"깊은 산중에 있는 중이 귀 어두워 행차를 알지 못하고 산문 밖에 나가 맞지 못하였으니, 너무 허물하지 마시오. 이번은 아주 오신 길이 아니니 법당에 올라 예불하고 가시도록 하오."

양소유가 불전에 향을 피우고 계단을 내려오다가 헛디뎌 잠을 깨니 진영에 앉아 있었다.

점점 날이 밝아왔다. 양상서가 여러 장수들을 불러 말하였다.

"공들도 꿈을 꾸었는가?"

"예, 장군을 모시고 귀졸들과 크게 싸워 장수를 사로잡았으니, 좋은 징조가 분명합니다."

양소유가 여러 장수들과 함께 물가에 가보니, 부서진 비늘이 땅에 깔리고 피로 물이 붉었다. 능파의 말이 생각나 그 물을 맛보니 과연 달았다. 곧 군사와 말에게 그 물을 먹이니 즉시 병이 낫는 효험이 있었다. 적 진영에서 이 말을 듣고 크게 놀라 즉시 항복하였다. 양소유는 전혀 싸우지도 않고 승리하였다. 곧 황성으로 승전보를 올리고, 연이은 승전보에 천자는 크게 기뻐하였다.

勝 利
이길승 이할리
6급 12획 6급 7획

핵심⁺ 김만중의 작품들

김만중의 작품집으로는 시문집인 〈서포집〉, 비평문들을 모은 〈서포만필〉 등이 있다. 그는 소설이 주는 재미와 감동의 힘을 긍정하고 이를 적극 받아들여 〈구운몽〉·〈사씨남정기〉 같은 소설을 직접 창작하였다. 이규경의 〈소설변증설〉에 전하는 바로는 〈구운몽〉은 어머니의 시름을 위로하기 위해서 유배지에서 지었으며, 〈사씨남정기〉는 숙종의 마음을 돌리기 위해 썼다고 한다.

好樂好樂 한자 노트

마루종 | 총 8획 | 부수 宀 | 4급

조상의 제사(示)를 지내는 집(宀), 곧 사당이나 종묘를 뜻한다.

宗家(종가) : 한 문중에서 맏이로만 이어온 큰 집.

宗氏(종씨) : 촌수를 따지지 못할 먼 일가 사이에 서로 상대를 부르거나 일컬을 때 하는 말.

宗親(종친) : 임금의 친족. 동성동본으로 유복친(有服親) 안에 들지 않는 일가붙이.

내가 찾은 사자성어

우러를앙 바랄망 마칠종 몸신
仰望終身
앙 망 종 신

내용》 일생을 존경하고 사모하여 내 몸을 의탁함. 아내가 남편에 대하여 가져야 할 태도로써 이르던 말.

김만중의 〈서포만필〉

비평문을 모은 〈서포만필〉에는 김만중의 국문문학에 대한 태도와 신념이 잘 드러나 있다. 김만중의 수필 · 시화(詩話) · 평론집(評論集)으로 꾸며져 있으며 내용의 대부분은 우리나라의 시에 관한 시화로 이루어져 있다. 그는 이 책에서 한시보다 우리말로 씌어진 작품의 가치를 높이 인정하여, 정철의 〈관동별곡〉 · 〈사미인곡〉 · 〈속미인곡〉을 들면서 우리나라의 참된 글은 오직 이것이 있을 뿐이라고 했다.

다를이 | 총 11획 | 부수 **田** | 4급

탈을 쓴 모양을 본뜬 글자이다

異見(이견) : 남과 다른 의견.
異同(이동) : 서로 다름, 또는 서로 다른 점.
異變(이변) : 괴이한 변고.
差異(차이) : 서로 일치하거나 같지 않고 틀려 다름.
異邦人(이방인) : 다른 나라 사람.
同床異夢(동상이몽) : 같은 침상에서 서로 다른 꿈을 꾼다는 뜻.

내가 찾은 속담

한 입으로 두 말 하기

≫ 한 가지 일에 대하여 말을 이렇게 하였다 저렇게 하였다 한다는 말.

난양공주, 영양공주

승전보를 받은 후 하루는 천자가 태후를 뵈러 갔다.

"양소유의 공은 당대에 으뜸입니다. 군사를 돌려 돌아오면 즉시 승상으로 봉해야 하는데, 난양의 혼사를 정하지 못하였으니 어찌합니까? 마음을 바꾸지 않고 계속 고집하면 *공신을 매번 벌주기도 어렵고, 혼인을 강요하지도 못할 것이니, 매우 민망합니다."

強 要
강할 강 요긴할 요
6급 12획 5급 9획

태후가 말하였다.

"양상서가 돌아오지 않았으니 정사도의 딸에게 다른 혼인을 서둘러 하게 하면 어떠한가?"

이에 천자가 대답도 하지 않고 나가니, 곁에 있던 난양공주가 태후에게 말하였다.

"마마께서는 어찌 그런 말씀을 하십니까? 정씨 집안의 혼사는 한 집안의 일인데 어찌 조정에서 권하겠습니까?"

"그러지 않아도 내 너와 의논하고자 하였다. 양상서는 풍채와 문장이 세상에 으뜸일 뿐 아니라, 퉁소 한 곡조로 너와 연분을 정한 사람, 어찌 이 사람을 버리고 다른 데서 네 짝을 구하겠느냐? 상서가 돌아오면 먼저 네 혼사를 지내고 정사도 여자를 첩으로 맞게 하면 상서가 사양할 바 없을 텐데 네 뜻을 알지 못하여 염려스럽구나."

• 공신(功臣) : 나라에 공로가 있는 신하.

"제가 질투심을 알지 못하는데 어찌 정씨 집안 여자를 꺼리겠습니까? 다만 양상서가 처음에 납채하였다가 다시 첩을 삼으면 예가 아니요, 또 정사도는 여러 대에 걸친 재상 집안입니다. 딸을 남의 첩이 되게 함이 어찌 원통치 아니하겠습니까?"

"이도 마땅치 않다면, 어찌하면 좋겠느냐?"

"《예기》에 제후에게는 세 부인이 있다고 합니다. 양상서가 이기고 돌아오면 크게는 왕이요, 못해도 후는 될 것이니, 두 부인을 취하는 것이 어찌 마땅지 아니하겠습니까?"

"안 된다. 귀천이 없다면 관계치 않겠다만, 너는 선왕의 귀한 딸이요, 지금 임금의 사랑하는 누이다. 어찌 여염집 사람과 함께하겠느냐?"

"선비가 어질면 천자도 벗한다 하고, 또 정사도의 딸은 자색과 덕행이 옛 열녀라도 미치지 못한다 합니다. 그렇다면 소녀에게는 오히려 다행입니다. 아무튼 그 여자를 친히 보아 듣던 말과 같으면 제가 몸을 굽힘이 옳고, 그렇지 아니하면 첩을 삼거나 종으로 하거나 마마 마음대로 하십시오."

"여자의 투기는 예로부터 누구나 인정하는데, 너는 어찌 이리 인자한가? 내 내일 정씨 딸을 부르겠다."

"아무리 마마의 명이라도 아프다고 핑계하고 오려 하지 않을 것입니다. 피하는데 재상가의 여자를 잡아들이겠습니까? 소녀 생각

仁 慈
어질인 사랑자
4급 4획　3급 13획

으로는 여러 비구니 절에 지시하여 정사도의 딸이 언제 *분향하는지 알아두었다가 보시면 어렵지 않을 듯합니다."

태후가 옳게 여겨 태감을 시켜 알아보았다. 정사도 집안의 *불사를 맡은 정혜원 비구니가, 정소저는 평소 절에 오지 않고, 삼일 전에 양상서 소실 가춘운이 소저의 명으로 불사를 하고 갔다고 하고 *소문을 내어주어 태감이 태후에게 바쳤다.

"제자 경패는 삼가 시비 춘운을 시켜 부처님께 아룁니다. 저는 전생에 죄가 많아 여자로 태어났고, 양씨 집에서 폐백을 받았는데, 양씨가 부마로 뽑히어 조정의 명이 지엄합니다. 하늘의 뜻이 이러하니 부모님께 의지하여 남은 생을 마칠까 합니다. 원컨대 우리 부모 연세 백세 넘게 해주십시오. 부모 돌아가신 후 향 피워 부처님 은혜에 보답하겠습니다. 또한 부리는 종이 있는데 이름은 춘운입니다. 저와는 큰 인연이 있어 비록 종이요 주인이나 실은 친구입니다. 제 명으로 먼저 소실이 되었으나 일이 그릇되어 남편을 떠나 제게 돌아왔으니, 죽고 삶을 함께할 것입니다. 엎드려 바라건대 부처님께서는 우리 두 사람을 불쌍히 여기셔서 세세생생 날 때마다 여자 몸이 되는 것을 면하게 해주십시오."

읽기를 마치고 난양공주가 말하였다.

"한 사람의 혼사로 두 사람의 인연을 깨뜨렸으니 *음덕에 해 있을까 염려됩니다."

依 支
의지할의 지탱할지
4급 8획 4급 4획

• 분향(焚香) : 부처 또는 죽은 이를 위하여 향을 피움.

• 불사(佛事) : 불가(佛家)에서 하는 행사.

• 소문(疏文) : 부처님 앞, 또는 저승에서 죽은 이를 재판한다고 하는 시왕을 모신 명부전에 죽은 이의 죄와 복을 아뢰는 글.

• 음덕(陰德) : 남 앞에 드러내지 않고 베푼 덕행.

태후는 아무 말도 하지 못하였다.

이때 정소저는 부모를 모시고 있어 짐짓 온화하고 편안한 기색이었다. 또한 춘운은 정소저를 위하여 문필과 잡기를 즐기며 최부인을 위로하면서 날을 보냈으나 정작 자신은 날마다 초췌해 보는 이의 마음을 아프게 했다.

하루는 한 여자아이가 비단 족자를 팔러 와, 춘운이 족자를 가지고 들어가 정소저에게 보였다.

"아가씨가 평소 제가 놓은 수를 칭찬하셨는데, 이 족자는 어떠합니까? 이는 신선이 아니라면 귀신의 솜씨입니다."

정소저가 보고 놀라 춘운에게 알아보도록 하였다.

"어떤 사람이 이런 재주가 있는가? 분명 세상 사람이 아니다."

춘운의 물음에 여자아이가 대답하였다.

"우리 아가씨 솜씨인데, 지금 객지에 혼자 계셔서 쓸 곳이 급합니다. 값의 많고 적음을 가리지 않겠습니다."

客 地
손객 땅지
5급 9획 7급 6획

"너의 아가씨는 뉘 집 낭자이며, 무슨 일로 객지에 있느냐?"

"아가씨는 이통판의 누이입니다. 벼슬 살러 이통판께서 절강 땅에 부인과 아가씨를 모셔가는데 병이 나 아가씨는 가지 못하고 연지촌 사삼랑의 집에 머물러 계십니다."

정소저가 그 족자를 비싼 값에 사서 대청에 걸어두고 춘운에게 말하였다.

"이 족자의 임자를 알고 싶으니, 지혜롭고 말수 적은 여종을 시켜서 알아보도록 하자."

여종이 돌아와 전하였다.

"장안에 우리 아가씨 같은 사람은 없었는데, 과연 그 아가씨는 우리 아가씨와 같았습니다."

춘운이 웃으며 말하였다.

"족자를 보니 재주는 아름다우나 어찌 우리 아가씨 같은 사람이 있겠느냐? 네가 잘못 보았다."

하루는 연지 파는 사삼랑이 와서 최부인과 정소저에게 말하였다.

宙
집주
3급 8획

"소인의 집에 이통판 댁 낭자가 머물고 있는데, 아가씨의 재덕을 듣고 한 번 뵙고자 청합니다."

최부인이 정소저를 돌아보았다.

"제가 얼굴 들고 사람을 만나고 싶지는 않습니다만, 이소저의 솜씨가 신묘하니 한번 보고 싶습니다."

사삼랑이 기뻐하며 돌아갔다.

다음 날 이소저가 휘장을 친 작은 가마를 타고 시비와 함께 왔다. 정소저가 자기 방으로 맞이하여 서로 대하여 앉으니, 직녀가 월궁 손님이 되고 *상원부인이 요지연에 든 듯 그 광채가 비할 데 없었다.

• 상원부인(上元夫人) : 도가(道家)의 선녀.

정소저가 먼저 말하였다.

"시비에게 들으니 가까이 와 계시다 하나, 내가 박명하여 사람 도리를 끊은 지 오래라 가볍지 못하였는데, 누추한 곳에 와주시니 감사합니다."

이소저가 말하였다.

"나는 아버지를 일찍 여의고 어머니 한 분의 사랑으로 배운 바 없어 소저의 아름다운 행실을 듣고 한 번 모시어 가르침을 듣고자 했는데, 이제 평생 소원을 푼 듯합니다. 또 들으니 댁에 춘운이 있다 하는데 만나볼 수 있겠습니까?"

정소저가 시비에게 명하여 춘운을 불렀다. 춘운이 들어와 예의 바르게 인사하자 이소저도 급히 일어나 맞으며, 감탄하였다.

'듣던 말과 같구나. 정소저와 춘운이 저러하니, 양상서가 어찌 부마가 되려 하겠는가?'

이소저가 일어나 부인과 정소저에게 작별 인사를 하였다.

"날이 저물었으니 그만 가보겠습니다. 비록 멀지 아니하나, 언제 다시 뵐 수 있을지요."

暮
저물 모
3급 15획

정소저가 계단 아래로 내려와 절하고 서로 이별하였다.

"저는 얼굴을 내놓고 나다니지 못하여 은혜에 보답하지 못하니 허물치 마십시오."

이소저가 돌아간 뒤 정소저가 춘운에게 말하였다.

"이소저의 자태와 용모가 저렇듯 빼어난데도, 같은 땅에 있으면서 일찍이 듣지 못하였으니 이상해."

"한 가지 의심되는 것이 있습니다. 화음 진어사의 딸이 양상서와 '양류사'를 화답하여 혼인을 언약하였다가 난리 후에 진씨의 생사를 모른다 하는데, 이 사람이 일부러 이름을 바꾸어 연분을 잇고자 하는 것이 아닙니까?"

"나도 그 말을 들었지만 난리 후 진씨는 궁궐의 시비가 되었다는데 어찌 오겠어? 진씨가 비록 재주와 용모는 갖추었다고 하지만 몸가짐은 자못 진중하지 못하니, 어찌 이소저에 비할 수 있겠어. 내 생각에 난양공주가 덕행과 자색이 세상에 으뜸이라 하는데 혹 이소저의 기상과 가장 가깝지 않을까 해."

그 뒤로 정소저와 춘운은 이소저와 함께 문장과 세상 이야기로 시간 보내기를 자주 하였다.

하루는 이소저가 와서 부인과 정소저에게 작별 인사를 하였다.

"내 병이 잠깐 나아 내일은 절강으로 가는 배를 얻어 가게 되었습니다. 떠나기 전에 정소저께 부탁드릴 일이 있는데 어렵지만 말씀드리겠습니다. 제가 늙은 어머님을 위하여 관음보살의 모습을 수놓았는데 제목을 아직 쓰지 못하였습니다. 소저가 *찬을 지어 주시면, 떠나는 아쉬운 마음을 위로하고, 우리 서로 잊지 못할 정표가 될 듯합니다. 소저가 허락하지 아니하실까 염려하여 족자를

情 表
뜻정 겉표
5급 11획 6급 8획

● 찬(讚) : 남의 글이나 그림을 기리는 글.

가져오지 않았으나 거처하는 곳이 멀지 않으니 잠깐 생각해 주십시오."

이소저의 말에 최부인이 정소저에게 말하였다.

"네가 가까운 친척집에도 가지 않지만, 이낭자의 부탁은 좀 다르구나. 더구나 집이 가까우니 한번 네 마음을 바꾸어 보렴."

易
바꿀 역
4급 8획

잠깐 생각하더니 정소저는 곧 순순히 말하였다.

"다른 일이면 가기 어렵습니다만, 사람에겐 모두 부모가 있는데, 어떻게 그 간절한 마음을 모른 척할 수 있겠어요. 다만 날이 저물기를 기다려 갔으면 합니다."

이소저가 크게 기뻐하여 일어나 절하고 다시 말하였다.

"날이 저물면 글쓰기가 어려울 것입니다. 타고 온 가마가 비록 누추하나 함께 가셨으면 합니다."

정소저가 허락하여 이소저가 일어나 부인에게 작별인사를 하고 춘운의 손을 잡고 이별하였다. 그후 이소저와 정소저는 함께 가마를 타고 갔다.

정소저가 이소저의 방에 들어가니 꾸며놓은 모습이 화려하나 매우 정갈하고 내어오는 음식도 간단하면서도 맛깔스러웠다. 그 모든 것을 찬찬히 살피면서 기다렸으나 이소저는 족자도 내놓지 않고 문필도 청하지 않았다. 정소저가 기다리다 말하였다.

"날이 저물어 가는데 관음화상은 어디에 있습니까? 절하여 뵙고자 합니다."

그 말이 채 끝나기도 전에 문 밖에서 수레며 말을 타고 달리는 군사들의 소리가 나면서 붉고 푸른 깃발이 사면을 에워쌌다. 정소저가 놀라 피하려 하자, 이소저가 말하였다.

"소저는 놀라지 마십시오. 나는 난양공주로 이름은 소화입니다. 태후마마의 명으로 소저를 모셔가려 합니다."

정소저가 땅에 내려 두 번 절하며 말하였다.

"여염집 천한 사람이 보는 눈이 없어 알아뵙지 못하였으니 죽어도 아깝지 아니합니다."

난양공주가 말하였다.

"할 말이 많지만 나중에 하겠습니다. 태후마마께서 지금 난간에 기대어 기다리시니, 부디 소저는 나와 함께 가십시다."

"공주께서 먼저 가시면 제가 돌아가 부모께 말씀드리고 가겠습니다."

"태후께서 소저를 보고자 하여 명을 내리신 것이니 사양치 마십시오."

"저는 본디 천한 사람입니다. 어찌 공주와 함께 가마를 타겠습니까?"

"*여상은 어부였지만 문왕과 한 수레에 탔습니다. 더구나 소저는 재상가 따님인데 어찌 이리 사양하십니까?"

漁 夫
고기잡을 어 지아비 부
5급 14획 7급 4획

• **여상(呂尙)** : 주나라 초의 정치가. 위수에서 낚시를 하다가 문왕의 발탁으로 진출, 무왕을 도와 은(殷)나라를 없애고 천하를 평정함. 강태공.

난양공주가 정소저의 손을 이끌어 함께 가마에 올랐다. 정소저는 따라온 시비 한 사람에게 집으로 돌아가 알리게 하고, 한 사람만 따르도록 하였다. 두 사람이 탄 가마는 여러 궁문을 지나 한 궁전 문 앞에 이르렀다. 공주가 소저와 함께 가마에서 내려 상궁에게 명하여 호위하게 한 후, 들어가 태후에게 문안하고 정소저의 재주와 미모, 덕행을 알렸다.

태후는 원래 정소저에게 전혀 호감을 가지지 않았다. 그러나 *미복으로 공주가 정소저를 여러 번 만나본 뒤에 감복하여 애써 태후의 마음을 돌리려 하였다. 그래서 지금은 태후도 크게 깨닫고 공주가 바라는 대로 하기로 하고 정소저의 모습을 보고 싶어 데려오게 하였던 것이다.

정소저가 상궁의 호위를 받으며 잠시 기다리는데, 안에서 궁녀 두 사람이 화려한 함을 가지고 와서 태후의 명을 전하였다.

" '정소저는 대신의 딸이요, 양상서의 납채를 받았는데 아직 처자의 옷을 입고 있다 하니 될 말인가. 조복 한 벌을 내보내니 입고 들어오라.' 하십니다."

궁녀가 전하는 태후의 말을 듣고 정소저가 말하였다.

"처자로서 어찌 감히 부인의 옷을 입겠습니까? 이 옷은 간소하나 부모를 뵐 때 입던 것입니다. 태후마마께서는 온백성의 부모이시니 바라옵건대 부모를 뵙던 옷으로 뵙고자 합니다."

好 感
좋을호 느낄감
4급 6획 6급 13획

• 미복(微服) : 왕 등 지위가 높은 사람이 무엇을 몰래 살피러 다닐 때 남이 알아차리지 못하도록 입는 옷차림.

태후가 듣고 더욱 기특히 여겨 불러들이고, 궁중 사람이 보고 모두 감탄하여 말하였다.

"천하일색이 우리 공주님뿐인가 하였는데 또 정소저가 있는 줄을 어이 알았겠는가?"

정소저가 예를 마치자 태후가 자리를 내주고 말하였다.

"양상서는 일대 호걸이요, 만고 영웅이라 내 부마로 정하려고 양씨 집의 예폐를 거두었도다. 그런데 공주가 나에게, '우리의 혼사를 위하여 오래된 약속을 저버리게 함은 왕 된 자가 인륜을 극진히 하는 뜻이 아닙니다.' 하고 간하며, 그대와 함께 양상서를 섬기겠다고 하여 내 그 뜻을 받아들였다. 내 일찍이 두 딸이 있다가 한 딸이 죽은 후에 난양만 두었는데, 네 자색과 덕행이 족히 난양과 형제 될 만하구나. 너를 양녀로 정하여 난양이 너를 잊지 못하는 정을 표하고자 한다."

"성은이 하늘같이 크고 높으십니다. 하오나 저는 신하의 딸, 어찌 감히 황실의 따님과 지위를 같이할 수 있겠습니까? 제 부모도 죽기를 무릅쓰고 간할 것이니 이 명을 받들 수 없습니다."

"내가 이미 정하였는데 어찌 네가 사양하느냐? 네 글재주가 뛰어나다 난양에게 들었다. 봄빛도 화사하니 글 한 수를 지어 나를 위로해 다오. 옛날에 '일곱 걸음 안에 글을 지은 사람'이 있었는데, 너도 그렇게 할 수 있겠느냐? 재주를 보고 싶구나."

地位
땅지 자리위
7급 6획 5급 7획

126 | 구운몽

"제가 글은 잘 못하지만 마마의 명을 어찌 거스르겠습니까?"

곁에 있던 난양공주가 말하였다.

"혼자 짓게 하기는 미안하니 소녀가 함께 짓겠습니다."

태후가 크게 기뻐하여 붓과 먹을 갖춘 뒤 궁녀를 앞에 세우고 글의 제목을 내는데, 이때는 춘삼월, 복숭아꽃이 핀 가운데서 까치가 울었다. 태후가 그 모습으로 글제를 내니 정소저와 난양공주가 각각 붓을 잡고, 궁녀가 겨우 다섯 걸음을 옮기는 동안 글을 지었다.

태후가 먼저 정소저의 글을 보았다.

자금성 봄빛이 벽도화를 취하게 하니
좋은 새는 어디서 와 지저귀는가?
누각 위 궁궐의 기녀가 새로운 곡 전하니,
남쪽 나라 아름다운 꽃이 까치와 함께 깃들이도다.

이어 난양공주의 시를 보았다.

봄빛 무르익은 궁궐에 온갖 꽃 무성하니,
신령한 까치가 기쁜 소식 전하는구나.
은하수 나루에 다리 놓기를 힘쓸지니
한번에 두 천손이 나란히 건너리라.

務
힘쓸 무
4급 11회

태후가 보고 칭찬하여 말하였다.

"내 두 딸은 여자 중의 이청련이요, *조자건이로구나!"

이때 천자가 문안을 왔다. 태후가 난양공주에게 정소저를 데리고 잠깐 곁방으로 가 있으라 하고는 천자에게 말하였다.

"내 난양의 혼사를 위하여 정소저를 양녀로 삼고 함께 양상서를 섬기게 하고자 하오. 황상의 생각은 어떠하시오?"

"마마의 이번 일 처리가 지극히 옳으십니다. 그 덕이 세상을 덮고도 남습니다."

태후가 정소저를 불러 천자에게 뵙게 하였다. 정소저가 들어와 뵈니, 천자가 전 위로 오르게 한 다음 태후에게 말하였다.

"정사도의 딸이 이제 천자의 누이가 되었는데 어찌 아직 평복입니까?"

"아직 황상께 아뢰지 않았고, 명도 없어서 일품관 부인의 옷을 사양하고 있소."

태후의 말에 천자는 여중서 채봉에게 비단과 필묵을 가져오게 하여 쓰려고 하다가 멈추고는 말하였다.

"공주로 봉하였으면 황실의 성을 내리는 것이 합당하지 않겠습니까?"

"나도 그렇게 하려고 하였으나 다시 생각해 보니 정사도 나이도 많고 다른 자식도 없는데 차마 성까지 고치라고는 못하였소."

養女
기를양 계집녀
5급 15획 8급 3획

• 조자건(曹子建) : 조식(曹植), '자건'은 자. 중국 삼국시대 위(魏)나라의 시인. 아버지는 유명한 장군 조조(曹操).

천자가 붓을 휘둘러 큰 글씨로 썼다.

"태후마마의 성스러운 마음을 받들어 '양녀 정씨를 영양공주로 삼는다.'"

때를 같이하여 여러 궁녀들이 정소저에게 공주의 장복을 입혔다. 정소저 사례하고 위로 올라와 나이가 난양공주보다 한 살 위이나 감히 윗자리에 앉지 못하였다. 이에 태후가 말하였다.

坐
앉을 좌
3급 7획

"영양은 이제 내 딸, 형이 위에 있고 아우가 아래 있음이 예이거늘 형제간에 어찌 이리 겸양하는고?"

영양공주가 땅에 엎드려 말하였다.

"본디 미천한 사람이 어찌 난양공주의 위가 되겠습니까?"

난양공주가 말하였다.

"영양마마는 나의 언니, 이를 어찌 의심하십니까?"

핵심+ 김만중의 생애

본관은 광산. 자는 중숙(重叔), 호는 서포(西浦). 예학의 대가인 김장생(金長生)의 증손자. 아버지 익겸(益謙)은 병자호란 당시 강화도에서 순절하여 유복자로 태어났다. 1665년 문과에 장원으로 급제, 이듬해 정언·부수찬이 되고 헌납·사서 등을 거쳤다. 1679년 다시 등용되어 대제학·대사헌에 이르렀으나, 1687년 선천에 유배되었다. 이듬해 유배에서 풀려났으나, 기사환국으로 다시 남해 절도에 유배되어 그곳에서 죽었다. 이렇게 유배에 자주 오른 것은 그의 집안이 서인으로 치열한 당쟁을 피할 수 없었기 때문이다.

好樂好樂 한자 노트

인할인 | 총 6획 | 부수 口 | 5급

사람(大)이 담(口)을 치고 삶을 나타내는 글자이다.

因果(인과) : 원인과 결과.
因數(인수) : 주어진 정수 또는 정식을 몇 개의 정수 또는 정식의 곱으로 나타낼 때, 이들을 본래 주어진 정수나 정식에 대해 이르는 말.
因緣(인연) : 사물들 사이에 서로 맺어지는 관계.
因果律(인과율) : 원인이 되는 어떤 상태가 일어나면, 결과적인 다른 상태가 필연적으로 따라 일어난다는 법칙.

내가 찾은 사자성어

인할인 실과과 응할응 갚을보
因果應報
인   과   응   보

내용 》 불교에서, 과거 또는 전생의 선악 인연에 따라서 뒷날 길흉화복의 갚음을 받게 됨을 이르는 말.

경신환국과 기사환국

김만중이 태어나 활동하던 현종·숙종 양대는 당쟁의 회오리바람이 막바지로 치닫던 때로, 정계는 서·남 양당의 정권쟁탈을 위한 결전장이었다.

상복 기간을 둘러싼 예론(禮論)으로 표출된 남인·서인의 갈등이 심하던 1680년 남인계 허적의 서자 허견 등이 역모를 했다는 고변으로, 남인이 축출되고 서인계가 재집권한 것이 경신환국이다. 1689년 숙종이 후궁 장씨(張氏 : 장희빈)가 낳은 아들을 원자로 정하려는 문제를 반대한 송시열 등 서인이 집권 10년 만에 남인에게 정권을 빼앗긴 국면을 기사환국이라고 한다.

인연연 | 총 15획 | 부수 糸 | 4급

천이 끊긴(彖) 데를 실(糸)로 감치며 '가선 두른다'는 뜻의 글자이다.

緣故(연고) : 까닭. 사유.

緣分(연분) : 서로 관계를 가지게 되는 인연. 부부가 될 수 있는 인연.

緣由(연유) : 사유. 무슨 일이 거기에서 비롯됨.

緣起說(연기설) : 불교에서, 인연으로 말미암아 만유(萬有)가 생성한다는 설.

내가 찾은 속담

세 살 적 버릇이 여든까지 간다

≫ 어릴 때 몸에 밴 버릇은 늙어 죽을 때까지 고치기 힘들다는 뜻으로, 어릴 때부터 나쁜 버릇이 들지 않도록 잘 가르쳐야 함을 비유적으로 이르는 말.

9 양소유가 두 공주와 결혼하다

두 공주가 자리 차례 정하는 모습을 웃음으로 지켜보던 천자가 태후에게 물었다.

"두 누이의 혼사를 정하셨으니, 이제 제가 마마께 청할 일이 있습니다. 여중서 진채봉도 생각해 주십시오. 그 아비 비록 죄로 죽었지만 조상 대대로 조정의 신하였으니 지금 마음에 바라는 바를 이루어 주심이 어떻습니까. 그 재주와 심덕이 기특하고 또 양상서와 언약이 있었다 하니, 누이가 시집갈 때 데려가는 *잉첩을 삼았으면 합니다."

祖 上
할아비조 윗상
7급 10획 7급 3획

태후가 즉시 진채봉을 불러 말하였다.

"이제 너를 양상서의 소실로 정하니 공주를 더욱 정성껏 섬기도록 하라. 그리고 이번 혼사를 정하는데 까치의 좋은 조짐이 있어 두 공주에게 까치 시를 짓게 하였다. 너도 이 자리에서 한 수 지을 수 있겠느냐?"

태후의 말에 진채봉이 즉시 글을 지어 올렸다.

까치가 반갑게 울며 궁궐을 에워싸니,
아름다운 복숭아꽃 위에 봄바람이 일도다.
편안히 깃들여 남으로 날아가지 않으리니,

• 잉첩(滕妾) : 시집가는 데 딸려 보내는 여자. 시녀 또는 시첩.

보름날 동녘에 별이 드문드문 빛나도다.

이를 보고, 태후와 천자가 함께 그 뜻과 필법이 기특함을 칭찬해 마지않았다.

"예로부터 여자 중에서 글 잘하는 사람은 적었는데, 오늘 한자리에 재주 있는 여자 세 사람이 모였으니 가히 놀랍고도 기특한 일이구나."

태후의 말에 난양공주가 말하였다.

"마마, 영양마마의 시녀 가춘운이라는 이 또한 시 짓는 재주가 볼 만합니다."

"그 여자를 내가 한번 보고 싶구나."

"태후마마, 소녀 나가서 마마의 은혜와 제가 입은 영화를 말씀드리고 놀란 집안을 진정시키고자 합니다."

이제 영양공주 된 정소저의 말에 태후가 웃으며 말하였다.

"내 딸아, 지금이야 네 어찌 쉽게 궐을 나갈 수 있겠느냐. 내가 사도 부인을 뵙고 싶고 또 의논할 일도 있으니 들어오시게 하마."

놀란 가슴을 진정치 못하고 있던 사도 부인은 태후의 부름을 전하는 태감을 따라 궐에 들어왔다.

"영양공주를 처음 데리고 올 때는 난양의 혼사를 위해서였소. 하지만 한번 본 뒤에는 사랑하는 마음이 일어나 난양과 차이가 없으니, 생각건대 내가 전에 났던 딸이 이 세상에 부인에게 난 것이 아닌가 하오. 마땅히 황실의 성을 내려야 하나 부인의 외로움을 생각하여 정씨 성을 고치지 않았소. 영양은 이제 내 딸이 되었으니 부인은 데려가지 못할 것이오."

태후의 말에 최부인은 감격하여 말하였다.

"어찌 감히 데려가겠습니까? 다만 다시 보기 어려울까 그것만이 슬플 뿐입니다."

"혼인하기 전에만 그렇게 합시다. 혼인 후에는 난양도 또한 부인께 의탁할 겝니다. 그런데 부인, 그 집에 재주있는 여자 가춘운이라고 있다 하는데 한번 보았으면 하오."

부인을 모시고 궐에 들어와 있던 춘운이 나와 머리를 조아리며 태후를 뵈었다.

"과연 아름답구나. 난양의 말이 네가 글을 잘 짓는다고 하니 내 앞에서 지을 수 있겠느냐?"

"재주는 없지만 글제를 듣고자 합니다."

태후가 세 사람이 지은 까치시를 보여주며 말하였다.

"남은 제재가 없을까 걱정이다만, 너 또한 지을 수 있겠느냐?"

춘운이 붓과 벼루를 청하더니 곧 지어서 올렸다.

기쁜 소식 전하는 작은 정성을 스스로 아니

造
지을조
4급 11획

순임금 뜰에 요행으로 봉황을 따라왔도다.

진루의 봄빛에 꽃나무 일천 그루

세 번을 둘렀는데 어찌 가지 하나 빌릴 데 없으리.

"글재주 좋다 하나 이렇게 뛰어날 줄은 몰랐도다."

태후가 먼저 읽고 감탄하며 두 공주에게 보여주었다.

"마마, 까치는 자신을, 봉은 영양마마를 비유한 듯합니다. 마지막 구절 깃들일 가지 하나를 빌리고자 하는 데서 스스로의 마음을 정갈하게 나타냈습니다."

枝
가지 지
3급 8획

난양공주가 치하하며, 춘운과 함께 물러나 진채봉과 서로 만나게 하였다.

"이 여중서가 화음 진씨 집 낭자로, 춘랑과 평생을 같이할 사람이다."

난양공주의 소개에 춘운이 물었다.

"그렇다면 '양류사'를 지은 진낭자 아니십니까?"

"낭자가 어떻게 '양류사'를 아십니까? 보셨습니까?"

"양상서께서 말씀해 주셨습니다."

춘운의 말에 진채봉은 감격스러운 마음을 이기지 못하고 말하였다.

"양상서께서 아직도 기억하고 계시군요."

"어찌 그런 말씀을 하십니까. 양상서께서는 낭자의 '양류사'를 간직하고 잠시도 떼지 않으시며, 낭자 이야기를 할 때는 눈물을 흘리셨답니다. 어찌 그런 마음을 모르십니까?"

"이제 저는 죽어도 한스러울 게 없습니다."

진채봉은 눈물이 글썽한 채 웃으며 비단 부채에 시 지은 일을 말해 주었다. 춘운이 웃으며 말하였다.

"제 몸에 있는 팔찌며 반지가 모두 그날 얻은 것입니다."

그때 궁인 한 사람이 와서 정사도 부인이 돌아간다고 하여 두 공주는 태후를 모시고 앉고, 태후가 최부인에게 말하였다.

"머지않아 양상서가 돌아올 터, 지난날 *예폐는 당연히 돌려보낼 것이지만, 물렸던 폐백을 다시 받는 것도 그렇고, 또 영양이 나의 딸이 되었으니 두 딸의 혼례를 한번에 치르고자 하는데 부인 생각에는 어떠하오?"

"명하신 대로 하겠습니다."

"부인, 양상서가 영양을 위하여 세 번이나 조정의 명을 거슬리지 않았소? 그래 내가 한번 양상서를 속이려 하오. 상서가 제 입으로 정소저를 만나보았다고 하니 그가 아는가 모르는가 한번 봅시다."

최부인도 웃으며 그렇게 하기로 하고, 정소저는 부인을 배웅하면서 춘운을 불러 몰래 상서에게 해줄 말을 일러 보냈다.

한편 토번의 항복을 받은 양소유는 변방 백성을 위로하여 안심

• 예폐(禮幣) : 경의를 나타내기 위해 보내는 물건.

시키고 개선가를 부르며 전군을 돌려 황성으로 향하였다. 토번 정벌군이 돌아온다는 소식에 천자가 직접 위교까지 나와 맞았다.

그날 천자는 양소유가 세운 공을 논하며 왕으로 봉하려 하였다. 그러나 양소유가 머리 조아려 사양하여 다시 조서를 써서, 대승상 위국공에, *식읍 삼만 호와 황금 일만 근, 백금 십만 근, 촉나라 비단 십만 필, 준마 일천 필을 내렸다. 그 밖에 상으로 내린 여러 진기한 보배는 기록할 수도 없었다. 양소유가 궐에 들어 은혜에 감사드리고, 천자는 큰 잔치 *태평연을 열어 임금과 신하가 함께 즐겼다. 그리고 양소유의 초상을 *능연각에 모시게 하였다.

태평연이 끝나자 양소유는 대궐에서 물러나와 정사도 집으로 갔다. 사도 일가가 모두 사랑채에 모여 양소유가 이룬 공을 치하하였다. 양소유가 사도 부부의 안부를 물으니 곁에 있던 정십삼이 말하였다.

叔 父
아재비 숙 아비 부
4급 8획 | 8급 4획

"누이의 죽음을 당한 후에 숙부와 숙모께서는 눈물로 지내시니 나와 상공을 맞지 못하오. 들어가 뵙되 누이를 생각나게 하는 말씀은 하지 마시오.

양소유가 아무 말도 못하다가 한참 후에 입을 열었다.

"소저가 죽었단 말이오?"

눈물을 흘리니, 정십삼이 말하였다.

"우리 가문의 운수가 쇠한 것이니 상공은 슬퍼 마오."

• 식읍(食邑) : 지난날, 나라에서 공신 등에게 내리어 그곳의 조세를 개인이 받아 쓰게 하던 고을.

• 태평연(太平宴) : 국가에 경사가 있을 때 여는 잔치.

• 능연각(凌煙閣) : 당나라 태종 때 공신들의 초상을 그려 보관한 누각.

양소유가 눈물을 씻고 정십삼과 함께 들어가 사도 부부를 뵈는데 별로 서러워하는 빛이 없었다.

"만리 밖에서 공을 세우고 돌아와 전생의 연분을 맺을까 하였는데, 소저가 인간 세상을 떠났다 하니 이는 소자의 불행입니다."

사도가 말하였다.

"사람의 생사는 하늘에 달려 있고, 오늘은 즐거운 날, 부디 슬퍼하지 마오."

정십삼이 양소유에게 눈짓해 화원 별채로 나가니 춘운이 반겼다. 양소유가 춘운을 보고 소저를 생각하여 눈물을 금치 못하였다.

"상공께서는 슬퍼 마시고 제 말을 들으십시오. 소저 저에게 이르되, '양상서가 납채를 내어주었으니 부당한 사람이다. 혹 내 무덤이나 제사에 조문하면 나를 욕되게 하니 혼인들 어찌 노하지 않겠는가?' 하였습니다. 하지만 소저는 좋은 곳에 계실 터이니 슬퍼 마십시오."

다음날 천자가 양소유를 불러들여 물었다.

"승상이 부마 되기를 사양하였지만 정소저가 이미 세상을 떠났으니 또 무슨 말로 사양하겠는가?"

"감히 어찌 거절하겠습니까. 다만, 소신의 가문이 미천하고 덕행과 성품이 천하여 염려됩니다."

"혼사를 확실히 결정치 못하여 그대에게 이르지 못하였는데, 짐에게 두 누이가 있으니 하나는 영양이요, 하나는 난양이다. 영양은 정부인으로, 난양은 둘째 부인으로 하여 한 날 혼사를 행할 것이다."

"신이 부마 되는 것만으로도 외람됩니다. 더구나 두 공주를 어찌 감당하겠습니까?"

"경의 공이 지극히 큰 까닭에 이로써 보답코자 함이다. 또 궁인 진씨는 내 누이가 사랑하는 까닭에 시첩으로 딸려 보내니 경은 알고 있으라."

천자가 흠천감에 명하여 좋은 날을 택하니 구월 보름이었다. 이 날을 당하여 혼례는 궐 안에서 행하였다. 전부터 공주가 시집가는 예는 대궐 밖에서 이루어졌는데 태후의 명으로 궁중에서 거행하였다.

길일이 되어 양소유는 기린을 수놓은 비단 도포와 옥띠를 두르고 두 공주와 맞절을 하였다. 그 위엄 있는 모습은 산과 같고 바다와 같았다. 예가 끝나고 진숙인 곧 채봉 또한 시첩의 예로서 상공을 뵙고 두 공주를 모시고 섰다. 양소유가 자리를 내어주어 앉게 하고, 세 선녀가 한 자리에 모이니 광채가 가득하고 오색이 찬란하였다.

五 色
다섯오 빛색
8급 4획 7급 6획

혼례를 올린 날 밤 양소유는 영양공주와 함께 지냈다. 그리고 다음 날은 난양공주와 지내고, 또 다음 날에는 진숙인 방으로 갔는데 진씨가 양소유를 보고 슬픔을 이기지 못하여 눈물을 흘렸다. 양소유가 의아해하며 물었다.

"오늘은 즐거운 날인데 낭자는 어찌 눈물을 흘리는가?"

"상공이 알아보지 못하시니 저를 잊으심이 분명합니다. 그래서 슬픕니다."

양소유가 자세히 보더니 손을 잡으며 말하였다.

"낭자가 화음 진씨인 줄을 알겠군."

진채봉은 어느새 소리내어 흐느꼈다. 양소유가 지니고 있던 '양류사'를 꺼내놓으니, 진채봉 또한 양생의 글을 내어놓았다. 두 사람이 '양류사'를 함께 읊으니, 한편으로는 반갑고 한편으로는 슬펐다.

진채봉이 상자를 열고 시가 쓰인 부채를 꺼내며 말하였다.

"상공께서는 다만 '양류사'의 인연만 아실 뿐, 부채 시의 인연은 모르시지요. 이 모두 태후마마와 공주마마의 은덕이십니다."

"화음에서 난을 겪은 후 낭자의 생사를 알지 못하여 혼사 이야기가 있을 때마다 괴로웠더니 오늘에야 하늘이 사람의 바라는 바를 이루어 주심을 알겠소. 다만, 내 낭자와 배필을 기약하였다가 오늘날 소실로 삼으니 그저 부끄러울 뿐이오."

진채봉이 눈물을 닦으며 말하였다.

"제 박명함은 스스로 잘 알고 있습니다. 처음에 유모를 보낼 때, 정혼하신 곳이 있으면 소실이라도 되기를 원하였습니다. 무슨 원통함이 있겠습니까?"

옛일을 생각하며 새롭게 만남을 감사하니, 서로 즐기는 정이 두 날 밤보다 백 배나 더하였다.

다음 날 두 공주가 자리를 마련하고 양소유에게 술을 권하였다. 그때 영양공주가 시비를 불러 진숙인을 청해오라고 일렀다. 양소유가 그 목소리를 듣고 갑자기 마음이 움직였다.

'세상에는 이렇게 닮은 사람도 있구나. 일찍이 정소저와 거문고 한 곡조를 의논할 때, 그 말소리, 얼굴과 매우 같도다. 정소저와 혼사를 정할 때 살고 죽는 것을 함께하리라 했는데, 나는 두 공주와 이렇게 즐기고 있는데……. 슬프다, 정소저의 외로운 혼은 어디에 의탁하였는고?'

曲　調
굽을곡　고를조
5급 6획　5급 15획

생각에 잠겨 양소유가 말하지 아니하자, 슬기롭고 민첩한 영양 공주가 이를 보아 넘기지 않고 물었다.

"무슨 일로 그리 슬퍼하십니까? '임금의 근심은 신하에게 욕이 된다.' 합니다. 여자가 군자를 섬기는 예 또한 그와 같습니다. 상공께서 지금 슬픈 빛이 있으시니, 감히 그 까닭을 알고자 합니다."

양소유는 자신의 태도가 예가 아님을 깨닫고 둘러대지 못하고 그대로 말하였다.

"내 일찍이 정씨 집에 정혼하였을 때 그 딸을 보았는데 공주의 얼굴과 목소리가 매우 같아 자연 옛일을 생각하다 그만 나도 알지 못하는 사이에 얼굴에 나타났습니다."

영양공주가 얼굴빛이 붉어지더니 안으로 들어가 버렸다. 시녀에게 모셔오게 하였으나 시녀 또한 나오지 않았다. 양소유가 당황하여 어찌할 바를 모르니, 난양공주가 말하였다.

"영양공주는 태후마마가 사랑하는 딸이요, 황상의 누이입니다. 뜻이 다락같이 드높아 한 번 그릇되다 여기면 좋지 아니합니다. 상공께서 마마를 정소저에게 비기시니 아마 그 일로 편치 않은가 합니다."

양소유는 즉시 진숙인을 시켜 영양공주에게 용서를 구하였다.

"마침 술을 과히 먹고 망발을 하였으나, 이제 잘못된 것을 아오. 공주는 너무 나무라지 마시오."

진숙인이 돌아와 양소유에게 전하였다.

"공주가 하신 말씀이 있었지만 차마 아뢰지 못하겠습니다."

"공주의 말씀이 비록 지나치다 하여도 그대의 죄 아니니 들은 대로 전하도록 하라."

"공주가 화를 내시며, '나는 태후의 딸이요, 정녀는 여염집 천한 사람, 남녀간 지켜야 할 예를 생각지 않고 제 얼굴만 믿어 말과 행실이 아름답지 못하고, 혼인이 이루어지지 못하게 됨에 청춘에 죽으니 박명함이 또한 큽니다. 나를 죽은 정씨에게 비하고 행실 없는 사람을 생각하니 내 그런 사람 섬기기를 원치 않습니다. 난

青 春
푸를청 봄춘
8급 8획 7급 9획

양은 성질이 순하고 인정 많으니 상공을 모셔 백년해로하십시오.'
하였습니다."

양소유가 이 말을 듣고 크게 화를 내어 '황실 딸의 세도 부림이
이와 같으니, 예로부터 부마 되기를 꺼리는 것이다.' 고 생각하며,
난양공주에게 말하였다.

"내가 정소저를 만나 이야기를 나눈 데는 곡절이 있습니다. 영
양이 지금 그녀를 행실 없다 책망하니, 욕됨이 죽은 사람에게까지
미치게 되어 한탄스러울 뿐이오."

責 望
꾸짖을책 바랄망
5급 11획 5급 11획

난양공주가 자리에서 일어서며 말하였다.

"제가 들어가 알아듣도록 이야기해 보겠습니다."

난양 역시 들어간 뒤로 날이 저물도록 나오지 않다가 시비를 시
켜 전갈을 보내었다.

"백 번을 이야기했으나 듣지 아니합니다. 저는 영양과 생사고락
을 함께하기로 했는데, 영양이 혼자 늙기를 결단하니 저도 상공을
모시지 못하겠습니다. 부디 진씨와 함께 백년해로하십시오."

양소유가 분을 이기지 못하여 빈 방에 홀로 촛불만 대하고 앉았
는데, 진숙인이 금으로 만든 화로에 향을 피우고 상아로 만든 침상
에 비단 이불을 펴고는 말하였다.

"저도 이제 물러가겠습니다. 상공께서는 평안히 쉬십시오."

천연스럽게 일어나 나가버렸다. 양소유는 더욱 분하여 잠을 이

루지 못하였다.

'저희가 작당하고 장부를 조롱하니 이런 고약한 일이 어디에 있는가? 부마 된 삼 일 만에 이토록 외로우니 어찌 분하지 아니한가?'

문득 창을 여니, 달빛은 뜰에 가득하고 은하수가 비껴 있었다. 잠깐 일어나 뜰을 거니는데, 영양공주의 방에 등촉이 휘황하였다.

'밤이 깊었는데 어떤 궁인이 이제까지 아니 자는가? 영양이 화가 나서 들어간 뒤로 침실에 있는가?'

점점 다가가니 두 공주가 쌍륙 치는 소리가 분명하였다. 양소유가 가만히 창틀로 엿보니 진채봉이 한 여자와 함께 두 공주 앞에서 쌍륙을 치는데 자세히 보니 상대 여자는 바로 춘운이었다. 춘운이 공주를 위하여 궁중에 머물렀지만, 나타나지 않은 까닭에 양소유는 알지 못하였다.

'어찌 왔을까?'

문득 진채봉이 박을 던지며 말하였다.

"헛박만 던지자니 흥이 나지 않아. 춘랑, 우리 내기 합시다."

"저는 본디 가난하여 내기하면 술 한 잔뿐입니다. 그런데 진숙인은 궁에서 사셨으니, 명주 비단을 베같이 여기고 산해진미를 변변치 못한 음식으로 여기실 터, 무엇으로 내기를 한단 말씀입니까?"

진채봉이 호기심 가득한 얼굴로 말하였다.

"내가 지면 보물과 패물을 끌러 춘랑을 주고, 춘랑이 지면 내가

現
나타날 현
6급 11획

청하는 일을 하기로 해요."

춘운이 의아한 얼굴빛으로 물었다.

"무슨 일을 청하려 하십니까?"

"내 잠깐 두 분 공주께서 나누는 이야기를 들으니 춘랑이 '신선도 되고 귀신도 된다' 하는데 자세한 곡절을 알 수 없어 자못 궁금하니, 춘랑이 지면 그 옛이야기를 듣고자 하오."

춘운이 쌍륙판을 밀치고는 영양공주를 향하여 말하였다.

"소저가 어찌 이런 말씀을 공주님께 하십니까? 그 말을 진숙인이 들었으니 궁중에 귀 있는 사람이라면 누가 아니 듣겠습니까? 이제 저는 다른 사람을 대할 때 낯을 들 수가 없지 않습니까?"

춘운의 기세에 질세라 진채봉이 썩 나서며 말하였다.

"춘랑이 어찌 우리 공주님께 소저라 하는가? 공주님은 승상 위국공 부인이시오. 비록 나이는 어리나 작위가 이미 높으신데 어찌 춘랑의 소저이겠는가?"

춘운이 웃으며 말하였.

"십년 넘게 붙여온 말버릇을 고치기 어렵습니다. 꽃을 다투어 희롱하던 일이 어제인 듯한데, 공주님이라 해도 승상 부인이라 해도 두렵지 않습니다."

네 여인들의 웃음소리가 낭랑하였다.

난양공주가 웃음을 그치지 못한 채 영양공주에게 물었다.

"춘랑의 그 이야기는 저도 다 듣지 못하였습니다. 상공이 과연 춘랑에게 그토록 감쪽같이 속았습니까?"

영양공주가 웃으며 말하였다.

"어찌 속기만 했겠습니까? 우리는 그저 겁내는 모습을 보고자 하였는데, 상공이 사리에 어둡고 완고하여 귀신을 꺼리지도 싫어 하지도 않았습니다. 예로부터 여자를 좋아하는 사람은 '여색에 빠진 굶은 귀신'이라 하더니, 헛말이 아니었습니다. 귀신이 어찌 귀신을 두려워하겠습니까?"

모두 크게 웃었다.

양소유가 그제서야 비로소 영양공주가 정소저인 줄 알고 반갑고 기쁜 마음에 문을 열고 급히 보고자 하다가, 갑자기 그 생각을 돌렸다.

'제가 나를 속이니 나도 또한 속이리라.'

가만히 방으로 돌아와 잠자리에 들었다.

날이 밝은 후 진숙인이 와서 시녀에게 물었다.

"상공께서는 일어나셨느냐?"

"아직 일어나시지 않았습니다."

진채봉은 방 밖에 서서 양소유가 일어나기를 기다렸다. 그러나 해가 높이 뜨도록 자리에서 일어나는 기척은 없고 가끔 신음하는 소리가 들렸다. 진채봉이 놀라 안으로 들어갔다.

事 理
일사 다스릴리
7급 8획 6급 11획

"상공, 어디 불편하십니까?"

양소유가 대답하지 않고 눈을 홉떠 두리번거리며 헛소리를 하였다.

"상공께서는 어찌 이리 이상한 말씀을 하십니까?"

한동안 얼빠진 듯 두리번거리기만 하던 양소유가 비로소 진채봉을 알아보는 듯 말하였다.

"밤새 귀신과 이야기를 했으니, 내가 왜 이러지 않겠소."

진채봉이 왜 그러느냐고 다시 물었으나 양소유는 대답도 없이 돌아누워 버렸다. 걱정된 진채봉은 시녀에게 명하여 두 공주에게 알리도록 하였다.

申
알릴 신
4급 5획

시녀의 전갈을 듣고 영양공주가 말하였다.

"어제 아무렇지도 않던 사람이 무슨 병이겠는가? 우리를 나오게 하려는 게지."

그러고 있는데 진채봉이 직접 와서 말하였다.

"상공께서 사람을 알아보지 못하십니다. 황상께 아뢰어 태의를 불러 보여야겠습니다."

이렇게 의논하는 것을 태후가 듣고 두 공주를 불러 꾸짖어 말하였다.

"너희가 승상을 지나치게 놀렸구나. 병이 중하다는데 어찌 빨리 가보지 않느냐?"

태후의 나무람에 두 공주는 일어나 양소유의 침소에 이르렀다. 영양공주는 밖에 있고 난양과 진채봉이 먼저 들어가니, 양소유가 난양공주 쪽을 향하여 두 눈을 멀뚱거리다가 겨우 알아본 듯 두 손을 내어두르며 목 안에 잠긴 소리로 말하였다.

"내 목숨이 다하여 마지막 인사나 할까 하는데 영양은 왜 아니 오는가?"

난양공주가 놀라 말하였다.

"상공께서는 어찌 그런 말씀을 하십니까?"

양소유가 아직도 두려운 듯이 말하였다.

"밤에 꿈인지 생시인지 정씨가 와, '상공은 어찌 약속을 저버리십니까?' 하고 나를 책망하고는 구슬을 주어 먹었소. 그 뒤로 말을 잘 못하겠고 눈을 감으면 정소저가 내 품에 눕고 눈을 뜨면 내 앞에 서오. 정씨가 나를 원망함이 이렇듯 뿌리 깊은데 내 어찌 살 수 있겠는가? 내 영양을 만나보고자 하오."

말을 하다 말고 벽을 향하여 헛소리를 하더니 정신을 놓아버렸다. 난양공주가 겁을 내며 나와서 영양공주에게 말하였다.

"상공은 정소저가 자신을 원망한다고 의심하며 괴로워하고 있어요. 정소저가 아니면 상공의 병세를 구하지 못해요. 어서 들어가 봅시다."

영양공주는 오히려 의심하였지만, 난양공주가 그 손을 잡아끌어

病 勢
병病 형勢
병 세
6급 10획 4급 13획

함께 들어갔다. 들어가니 양소유는 여전히 헛소리를 하는데 모두 정소저에 대한 말이었다.

난양공주가 목소리를 높여 말하였다.

"영양이 왔습니다. 상공, 눈을 떠서 보십시오."

양소유가 잠깐 머리를 돌리더니 손을 내어밀며 몸을 일으키려 하였다. 침상 가까이 있던 진채봉이 붙들어 일으켜 앉히자 자세를 바로잡더니 두 공주를 향해 말하였다.

"내 두 공주와 백년해로하려 하였는데 나를 잡아끌고 가려는 사람이 곁을 떠나지 않아요. 아마도 나는 이 세상에 오래 머물지 못할 것 같소."

영양공주가 말하였다.

"상공은 세상 이치를 아는 장부이신데 어찌 그리 허황된 말씀을 하십니까? 정씨가 비록 혼으로 남아 있다 해도 구중궁궐을 천만 귀신이 지키고 보호하는데 어찌 감히 들어와 괴롭히겠습니까?"

"정씨가 지금 내 앞에 서 있는데 어찌 '들어오지 못하리라' 하십니까?"

난양공주가 참지 못하고 말하였다.

"옛사람이 활 그림자를 보고 뱀이라 놀랐다더니, 상공이 꼭 그러하십니다. 지금 정소저의 귀신이 보인다고 하시는데, 상공께서 산 정소저를 만나면 어떻게 하시겠습니까?"

九重
아홉구 무거울중
8급 2획 7급 9획

양소유가 그 말에 대답하지 아니하고 두 손만 내어둘렀다. 영양
공주가 더 속이기를 포기하고 다가가 앉으며 말하였다.

"상공께서 산 정씨를 보고자 하신다면 제가 바로 정씨입니다."

"부인은 어찌 그런 말씀을 하십니까? 정씨의 혼이 지금 내 앞에
앉아 전생의 연분을 맺자 하고 잠시도 머물지 못하게 하는데, 산 정
씨라니요? 나를 위로하고자 스스로 산 정씨라 하지만 진실로 허망
합니다."

난양공주가 나앉으며 말하였다.

"상공은 들으십시오. 태후께서 정소저를 사랑하여 공주를 봉하
시고, 저와 함께 양상서를 섬기게 하셨으니, 지금 영양공주는 상공
께서 거문고로 만났던 정소저입니다. 그렇지 않다면 어찌 얼굴과
말소리가 이리도 같겠어요?'

양소유가 대답하지 아니하고 한참 멍하니 있다가 중얼거리듯 말
하였다.

"내가 정씨 집에 있을 때 정소저에게는 시비 춘운이 있었는데,
한 가지 묻고자 합니다."

난양공주가 반가워하며 말하였다.

"춘운이 영양을 뵈러 왔다가 상공의 몸이 평안치 아니하심을 보
고 밖에 대령해 있습니다."

부르니 즉시 춘운이 들어와 앉으며 말하였다.

"상공께서는 편치 않으시다더니 어떠십니까?"

양소유는 대답 없이 자기 할 말만 하였다.

"춘운 혼자만 있고 다들 나가시오."

두 공주와 진숙인이 밖으로 나가자, 양소유는 즉시 일어나 세수하고 의관을 갖추어 입었다. 그런 후, 춘운에게 말하였다.

"모두들 들어오라고 하라."

춘운이 웃음을 머금고 나와 양소유의 말을 전하여 모두들 함께 들어갔다. 양소유는 옷을 차려 입고 자리에 기대어 앉아 있었다. 기상이 봄바람 같고 눈빛이 가을 물 같아 전혀 병든 기색이 없었다.

영양공주가 속은 줄 알고 미소를 지으며 고개를 숙였다.

"가까이들 앉으시오."

난양공주가 말하였다.

"상공께서는 지금 어떠하십니까?"

양소유가 얼굴빛을 바로하고 말하였다.

"요새 풍속이 크게 그릇되어 부녀자들이 작당하여 장부 놀리기를 심히 하니, 내 이 문란해진 풍속을 바로잡을 일을 생각하여 병이 들었소. 허나 이제는 나았으니 염려 마시오."

난양공주와 진숙인은 그저 웃을 뿐 대답하지 않는데, 영양공주가 말하였다.

"그 일은 저희가 알 바 아닙니다. 상공께서 쾌치 못하면 태후께

風 俗
바람 풍 풍속 속
6급 9획 4급 9획

여쭈어 *태의에게 보이고자 합니다."

양소유는 더 이상 참지 못하고 크게 웃으며 말하였다.

"부인을 지하에 가서나 만날까 하였는데, 오늘 일은 진실로 꿈이 아니겠지요?"

영양공주가 일어나 절하고, 그 동안의 일을 다 이야기하는데, 세상에서 듣지 못한 이야기였다.

盛 德
성할성 덕덕
4급 12획 5급 15획

"이 모두 태후마마와 황상의 성덕이며, 난양공주의 덕입니다. 그 은덕을 어찌 입으로 다 말씀드릴 수 있겠습니까?"

난양공주가 웃으며 말하였다.

"영양은 마음이 고와서 하늘이 감동하신 터, 제가 무슨 관계가 있겠습니까?"

한편 태후가 궁인을 시켜 승상의 병을 알아보게 하니 진숙인이 함께 가 사실을 아뢰었다. 말을 듣고 태후 크게 웃으며 말하였다.

"내가 처음부터 그러지 않을까 생각했었다."

태후는 그 즉시 양소유를 불렀다. 두 공주와 함께 가 뵈니 태후가 말하였다.

"들으니 승상께서 죽은 정씨와 끊어진 연분을 다시 맺었다 하는데, 과연 어떠하신가?"

양소유가 엎드려 절하며 치하하였다.

• **태의(太醫)** : 내정(內廷)의 의사.

"성은이 크고 넓어 천지조화와 같으시니, 신이 비록 몸을 바쳐도 만분의 일도 갚지 못할까 합니다."

태후가 손을 내저으며 말하였다.

"내가 놀린 것이 무슨 은혜라 하겠는가? 승상이 내 딸들을 버리지 않는다면 그것이 곧 이 늙은이에게 보답하는 길이지."

양소유가 머리를 조아려 그 분부를 받들었다.

이날 천자가 선정전에서 신하들의 문안을 받는데, 신하들이 다 같이 말하였다.

"요즘 나라에 경사 있을 때 보이는 별 경성이 보이고, 감로가 내리며, 황하가 맑아지고, 풍년이 들며 세 진의 절도사가 땅을 바치니 이 모두 폐하의 성덕입니다."

甘 露
달감 이슬로
[4급] 5획 [3급] 20획

천자가 그 공을 신하들에게 돌리니, 여러 신하가 다시 말하였다.

"양승상이 부마 된 뒤로 통소로 봉황을 길들이느라 오래도록 나오지 않으니, 조정의 일이 많이 쌓였습니다."

천자가 크게 웃으며 대답하였다.

"태후마마가 매일 불러 보시니 나올 수 없었던 것이다. 이제 내어 보내시리라."

다음날부터 양소유는 조정에 나가 나랏일을 보기 시작하였다.

핵심+ 김만중의 어머니

김만중은 형 만기와 함께 어머니 해평 윤씨의 교육을 받으며 자랐다. 당시는 임진왜란·병자호란이 끝나고 얼마 되지 않아, 필요한 책 구하기가 여간 어렵지 않았다. 가난한 살림에도 필요한 책은 곡식을 퍼주고 바꿨으며, 좋은 책이 눈에 띄면 값의 고하를 묻지 않고 짜던 베를 잘라서라도 구했다. 그리고 이웃에 홍문관 서리가 있어 그를 통해 홍문관에 있는 책들을 빌려 손수 베껴 읽히기도 하였다. 어머니 윤씨는 보통 때에는 자애로웠으나 공부를 시키는 데는 아버지 이상으로 엄하게 소학(小學)·사략(史略)·당시(唐詩) 등을 가르쳤다. 어머니의 이렇듯 지극한 사랑과 후일 김만중이 유배지에서 어머니를 위해 〈구운몽〉을 지었다는 널리 알려진 사실은 우리에게 많은 생각을 하게 한다.

好樂好樂 한자 노트

임금황 | 총 9획 | 부수 白 | 3급

임금(王)보다 높은 이가 쓴 관 모양(白)을 가리켜 황제의 뜻을 나타낸다.

皇陵(황릉) : 황제의 무덤.
皇城(황성) : 황제 나라의 도성(都城).
皇帝(황제) : 제국(帝國)의 군주.
皇太子(황태자) : 황위를 이을 황자. 태자.

내가 찾은 사자성어

하늘천 빛광 갈지 귀할귀
天光之貴
천 광 지 귀

내용》 하늘에 빛나는 것 중에서 귀한 것이라는 뜻으로 태양을 달리 이르는 말.

〈구운몽〉의 여자 주인공들

〈구운몽〉의 여자 주인공 정경패 · 이소화 · 진채봉 · 가춘운 · 계섬월 · 적경홍 · 심요연 · 백능파 들의 삶을 살펴보자. 언뜻 한 남자에 종속된 삶으로 일관된 느낌을 가지기 쉽지만, 인현왕후나 〈사씨남정기〉의 사씨부인처럼 자기에게 주어진 운명에 순종하는 관념화된 인물이 아니라 살아서 생동하는 인물임을 알아차릴 수 있다. 그들은 이상적인 남성이라면 부실의 자리라도 스스로 청하였고, 또한 만족하였다. 그리고 각각 자기의 세계를 가지고 스스로의 지성으로 양소유를 중심으로 갈등 없는 애정생활을 꾸려나갔다. 이런 점에서 볼 때 그들은 현대여성보다 더욱 독립적이고 개성적인 면을 보여준다고도 할 수 있다.

귀신신 | 총 10획 | 부수 示 | 6급

만물을 펴내고(申) 복과 화를 내리는 신(示)을 뜻하는 글자이다.

神童(신동) : 재주와 슬기가 남달리 뛰어난 아이.
神話(신화) : 예로부터 사람들 사이에서 전해져 오는 신을 중심으로 한 이야기.
神通力(신통력) : 무슨 일이든 해낼 수 있는 영묘한 힘.
天地神明(천지신명) : 하늘과 땅의 신들.

내가 찾은 속담

신선도 두루 박람을 해야 한다

≫ 누구든지 견문을 넓혀야 함을 비유적으로 이르는 말.

10 양소유, 두 부인 여섯 낭자와 함께 행복을 누리다

하루는 양소유가 상소를 올려 어머니를 모셔올 수 있도록 말미를 청하였다. 천자가 기꺼이 허락하며 다만 빨리 돌아오기를 당부하였다. 양소유는 십육 세에 집을 떠나 삼사 년 만에 승상이 되어 고향에 내려왔다. 어머니 유씨 부인은 아들의 손을 잡고 등을 어루만지며 말하였다.

"네가 진실로 내 아들 소유란 말이냐? 근근히 너를 기를 때 이리 장하게 될 줄 어찌 알았겠느냐?"

양소유는 조상의 무덤을 정성들여 손질한 후 제사지내고 천자에게 받은 금과 비단으로 어머니를 위하여 친구와 일가친척, 마을 어른들을 모두 청하여 큰 잔치를 베풀었다. 그리고 어머니를 모시고 황성으로 올라갈 때, 각 도의 수령이며 여러 고을의 태수들이 경계까지 따라나와 대접하였다. 양소유가 낙양을 지나면서 계섬월과 적경홍을 찾으니, 상경한 지 오래 되었다고 하였다.

上 京
윗상 서울경
7급 3획 6급 8획

여러 날 만에 어머니를 모시고 황성에 이른 양소유는 좋은 날을 택하여 나라에서 내려준 새 집으로 옮겼다. 두 공주가 진숙인과 함께 폐백을 드리며 신부의 예를 다하니 유부인의 기쁨은 말로 다 할 수 없었다. 이어 천자와 태후가 내린 금은으로 유부인을 위해 수연을 베풀었다. 조정의 신하들을 청하여 사흘 동안 잔치할 때, 천자가 음악을 내려주고 귀한 손님들로 조정이 자리를 옮겨온 듯 하였다.

양소유가 *노래자의 때때옷을 입고 두 공주와 함께 옥잔을 받들어 유부인 오래 사시기를 비니, 잔치의 풍요함과 풍악의 찬란함은 세상에 비할 데가 없었다. 잔치 분위기가 무르익을 무렵 문지기가 들어와 아뢰었다.

"문 밖에 섬월과 경홍이라는 두 여자가 대부인과 승상 뵙기를 청합니다."

불러들이니, 섬월과 경홍이 들어와 계단 아래에서 머리 숙여 인사 올렸다. 모여 있던 잔치 손님들이 모두 말하였다.

"낙양 계섬월과 하북 적경홍, 과연 듣던 대로 절색이로다. 양승상의 풍류가 아니면 어찌 이들을 이 자리에 부를 수 있으리오!"

양소유가 여러 사람을 위하여 계섬월과 적경홍에게 재주를 청하였다. 두 사람은 함께 일어나 긴 소매를 떨치며 춤을 추었다. 그 모습이 지는 꽃과 버들이 봄바람에 흩날리듯 구름 그림자가 감도는 듯 어여쁘고 찬란하였다. 유부인과 두 공주가 금은보배와 비단을 상으로 내렸다.

진숙인은 섬월과 옛정이 있어 서로 반갑게 지난 이야기를 나누었다. 이때 영양공주가 섬월을 불러 따로 술 한 잔을 권하며

杯
잔 배
3급 8획

• 노래자 : 173쪽 '노래자 (老萊子)' 참조.

말하였다.

"나를 추천한 공에 감사하오."

이 모습에 유부인이 웃음 지으며 양소유에게 말하였다.

"너희는 섬월에게만 감사하고 두연사의 공은 생각지 아니하느냐?"

"네, 어머님."

양소유는 즉시 사람을 자청관에 보내 두연사를 모셔오게 하였다. 그러나 그는 뜬구름처럼 훌쩍 떠난 지 삼년이 되었지만 아직 돌아오지 않는다고 하였다. 유부인은 쉽게 서운함을 떨쳐내지 못하였다. 섬월과 경홍이 온 뒤로 승상의 *위부에서는 풍악하는 기생 팔백 명을 가려뽑아 동부와 서부로 나누었다. 동부 사백 명은 섬월이 맡고, 서부 사백 명은 경홍이 맡아 춤과 노래를 가르쳤다.

한 달에 세 번씩 서로 재주를 겨루는데, 때로는 승상과 두 부인이 유부인을 모시고 친히 등급을 매겨 가르치는 이를 상주고 또한 벌주었다. 이긴 쪽은 상으로 술 석 잔에 꽃 한 가지를 머리에 꽂아주고, 진 자는 벌로 물 한 그릇을 주고 이마에 먹으로 점을 하나 찍어주었다. 그 뒤로 춤과 노래가 날로 새로워지고 재주가 능숙해 갔다. 위부와 *월왕궁의 *여악이 천하에 유명하여 비록 현종 황제의 배우들이라 해도 이에 미치지 못할 정도였다.

하루는 두 부인이 유부인을 모시고 이야기를 하고 있었다. 양소

東 部
동녘 동 떼 부
8급 8획 6급 11획

• 위부(魏府) : 승상 양소유가 거처하는 궁.

• 월왕궁(越王宮) : 천자의 아우인 월왕이 거처하는 궁.

• 여악(女樂) : 기녀 중에서도 왕이나 외국 사신이 왔을 때 궁중에서 연주하는 가희들.

유가 손에 편지를 들고 들어와 난양공주에게 주며 말하였다.

"월왕의 편지니 한번 보시오."

난양공주가 펴보니 내용이 이러하였다.

"지금껏 나라에 일이 많아 고달프니, 아름다움도 즐기지 못하고 가무하던 땅에도 거친 풀만 우거진 지 오래 되었습니다. 지금 황상의 넓으신 덕과 승상의 공명에 힘입어 천하가 태평하고 백성이 안락함을 누리니, 이에 무엇을 더 바라리까? 이제 승상과 함께 봄빛을 구경하며 즐기고자 합니다."

歌 舞
노래가 춤출무
7급 14획 4급 14획

난양공주가 양소유에게 물었다.

"상공께서는 월왕의 뜻을 아십니까?"

"함께 봄빛을 잠깐 즐기자는 것 아니오?"

"오라버니가 본디 풍류를 좋아하여 무창의 이름난 기생 만옥연을 얻고는 기쁨이 크답니다. 듣기로 만옥연은 재주와 태깔이 천하에 으뜸이라고 합니다. 제 생각엔 승상부에서 보았던 미인들과 한번 겨루어 보고자 하는 것입니다."

"나는 무심히 받아들였는데, 월왕의 뜻을 공주가 아셨군요."

영양공주가 섬월과 경홍을 쳐다보며 말하였다.

"아무리 노는 일이라도 어찌 남에게 질 수 있겠습니까? 군병을 십 년 가르치기는 한 번 싸움의 승패를 위한 것이니, 이날 승부는 두 낭자에게 달려 있소. 부디 잘하오."

섬월이 말하였다.

"저는 감당치 못하겠습니다. 월궁의 풍류는 나라에서 으뜸이요, 만옥연은 천하의 절색입니다. 제 얼굴과 음률이 부족하니 위부에 누를 끼칠까 두렵습니다."

경홍이 이 말을 듣고 큰소리로 말하였다.

"섬랑, 우리 두 사람이 관동 칠십여 주를 돌아다녔지만 당할 사람이 없었는데, 만옥연 한 사람을 두려워하는가?"

섬월이 강하게 질책하여 말하였다.

"홍랑은 어찌 이처럼 자신하는가? 우리가 관동에 있을 적에야 오가던 곳이 태수나 방백의 모임에 지나지 않으니, 강적도 만나지 못하였지요. 그러나 월왕 전하께서는 황실에서 나고 자라서 눈이 높기 산과 같으실 터. 옥연 또한 이름 있는 사람이니 어찌 작게 생각할 수 있소. 진실로 홍랑의 얼굴이 아리따우면 승상이 어찌 남자로 속으셨겠습니까?"

"사람 마음은 정말 헤아리기 어렵습니다. 섬랑이 승상을 따르기 전에는 저를 높이기를 천인인 듯하더니, 이제는 험담이 이렇듯 심합니다. 이는 총애를 독차지하지 못하여 투기하는 것 아니겠습니까?"

적경홍의 반박에 모두들 웃음을 터뜨리는데, 영양공주가 말하였다.

"홍랑의 얼굴이 부족한 것이 아니라, 승상의 눈이 밝지 못한 것이지요."

양승상이 크게 웃으며 말하였다.

"부인도 눈이 있으면 어찌 남자인 줄을 모르셨습니까?"

모든 사람들이 크게 웃었다.

난양공주가 양소유에게 물었다.

"어느 날로 약조하셨습니까?"

"내일 아침에 만나기로 하였소."

다음날, 양소유는 일찍 일어나 *융복을 입고 안장 얹은 말에 올라 가려 뽑은 사냥꾼 삼천 명을 거느리고 성남 쪽으로 나아갔다. 그 뒤로 모양을 낸 섬월과 경홍 등 팔백 명의 기생들이 따르니, 진실로 춘삼월이었다. 월왕 또한 풍류를 성대히 갖추고 양소유를 맞아 자리를 정한 후에, 서로 말도 자랑하고 활쏘는 법도 시험하며 덕담이 넉넉하였다. 이때 심부름꾼이 와서 알렸다.

"궁에서 태감이 어명을 받고 왔습니다."

월왕과 양소유가 일어나 태감을 맞이하니, 천자가 내린 *황봉어주와 친히 지은 시를 전하였다. 두 사람은 머리를 조아려 사배한 뒤 술을 마시고, 각각 화답하는 시를 지어 태감에게 주어 보냈다. 이때 여러 손님은 차례대로 죽 벌여 앉았고 좋은 술과 진귀한 안주를 올리니, 위엄이 드높았다.

德 談
큰덕 말씀담
5급 15획 5급 15획

• 융복(戎服) : 예전 군복의 하나. 철릭과 주립(朱笠)으로 되어 있음.

• 황봉어주(黃封御酒) : 임금이 내린 술.

술이 반쯤 돌았을 때, 월왕이 양소유에게 말하였다.

"내 소첩 등을 불러 춤과 노래로 승상을 즐겁게 하고자 합니다."

양소유가 사양하여 말하였다.

"제가 감히 대왕의 궁인을 대하겠습니까? 저 또한 시첩을 시켜 재주를 아뢰어 대왕의 흥을 돕고자 합니다."

부름에 따라 섬월과 경홍, 월궁의 네 미인이 나와 뵈었다.

"옛날 현종 황제 때 궁중에 부운이라는 미인이 있었답니다. 이태백이 그 미인을 보고자 황상께 청하였지만 겨우 말소리만 듣고 얼굴을 보지 못하였는데, 저는 대왕의 네 선녀를 보니 과연 놀랍기만 합니다. 저 미인의 이름은 무엇이라 합니까?"

월왕이 대답하였다.

"저들은 금릉의 두운선, 진류의 설교오, 무창의 만옥연, 장안의 해연연이오."

양소유가 말하였다.

"만옥연의 이름을 들은 지 오래인데, 지금 보니 과연 소문과 같습니다."

월왕이 계섬월과 적경홍을 가리키며 물었다.

"승상께서는 이 두 낭자를 어디서 만나셨습니까?"

"과거 보러 오던 날, 섬월은 낙양 땅에서 제 스스로 좇아왔고, 경홍은 연나라를 치러 갔을 때 스스로 좇아왔습니다."

果 然
실과과 그럴연
6급 8획   7급 12획

월왕이 손뼉을 치고 웃으며 말하였다.

"승상이 황금인을 차고 도적을 쳐서 승전하고 돌아오니 적낭자가 알아보기는 쉬웠겠지만, 계낭자는 곤궁할 때 부귀할 줄을 알았으니 기특하구나. 무슨 인연으로 만났는지요?"

"그때 일을 말씀드리자니 웃음부터 납니다. 나귀 타고 온 시골 서생이 낙양 *재자들의 술 마시며 시 짓는 잔치에 감히 끼어들었습니다. 취중이라 어리석게도 주제를 파악하지 못하고 글을 지어 냈지요. 그걸 섬월이 택해 노래하니 낙양 한량들이 *불평만만이나 섬월을 놓고 다투지 못했습니다."

"승상께서 *양장장원 되신 것을 통쾌한 일로 알았더니, 그날의 통쾌함은 더합니다. 그 글이 오묘할 듯한데 들어볼 수 없습니까?"

"한때의 취한 흥이라 잊은 지 이미 오랩니다."

월왕이 섬월을 돌아보며 물었다.

"승상께서 기억을 못한다 하시는데, 혹 낭자는 생각나는지?"

"기억합니다. 붓으로 써서 올려야 할지 노래로 불러드려야 할지 모르겠습니다."

"미인의 소리로 듣는다면 그 또한 통쾌한 일 아니겠느냐?"

계섬월이 옥을 부수는 듯한 소리로 삼장의 시를 차례차례 노래하니 자리에 앉은 사람들이 모두 감동하여 치하하였다. 월왕은 금잔에 술을 따라 섬월에게 상으로 내렸다.

富 貴
부자부 귀할귀
4급 12획 5급 12획

• 재자(才子) : 재주 있는 젊은 남자.

• 불평만만(不平滿滿) : 마음이 불평으로 가득 차 있음.

• 양장장원(兩場壯元) : 초시와 복시의 양 과거시험에서 모두 장원 급제함.

적경홍, 계섬월과 월궁 네 미인의 노래와 춤으로 분위기는 무르익었다. 그렇게 술이 반쯤 취하자 잔 돌리는 것을 멈추고 장막 밖으로 나가 무사들이 사냥하는 모습을 구경하였다.

계섬월이 생각하였다.

'우리 두 사람이 비록 월궁의 여자들에게 뒤지지 않는다 해도 저들은 네 사람이고 우리는 둘이니 안타깝구나. 춘랑을 데려오지 않은 것이 애석하다. 춤과 노래는 아니라도 태깔과 말로야 어찌 저들 무리에게 눌릴 것인가?'

그때였다. 문득 바라보니 두 미인이 수레를 타고 장막 밖에 와 멈추었다. 주렴을 걷고 두 여자가 수레에서 내려왔다. 자세히 보니 그중 하나는 심요연이요, 또 하나는 완연히 꿈속에서 보았던 동정호 용녀였다. 두 사람은 양소유 앞으로 나아와 절하였다.

양소유가 두 사람에게 월왕을 가리키며 말하였다.

"이분은 월왕 전하시다. 예를 갖추어 뵙도록 하라."

두 사람이 예를 갖추어 절한 뒤 섬월, 경홍과 함께 자리하였다.

양소유가 월왕에게 말하였다.

"저 두 사람은 내가 토번을 정벌할 때 만났지만 미처 데려오지 못하였는데, 오늘 이 성대한 모임을 듣고 온 듯합니다."

두 사람은 용모가 뛰어나기는 섬월, 경홍과 같았지만 고고한 태도와 기상은 더하였다. 월왕이 기이하게 여기고, 월궁의 미인들은 기세가 꺾였다.

월왕이 물었다.

"두 낭자는 성명이 어떻게 되는가?"

한 사람이 심요연이라고 자신의 이름을 밝히고, 다른 한 사람이 백능파라고 말하였다.

월왕이 다시 물었다.

"두 낭자에게 무슨 재주가 있는가?"

먼저 심요연이 말하였다.

"변방 밖 사람이라 음악 소리는 듣지 못하였고, 칼춤을 좀 배웠습니다."

월왕이 크게 기뻐하여 양소유에게 말하였다.

"현종 때 공손대랑이 칼춤으로 유명하였지만 후세에 전해지지 않아 *두보의 글로만 알고 쾌히 보지 못함을 한탄하였는데, 낭자가 능히 추어 보여준다면 어찌 즐거운 일이 아니겠는가."

양승상이 칼을 끌러주자, 심요연이 받아들고 칼춤을 추기 시작하였다. 몸과 칼을 자유로이 움직이며 신기한 솜씨를 보임에 월왕이 놀라 한참 후에야 겨우 말하였다.

"세상 사람이 어찌 저럴 수 있겠는가? 낭자는 진실로 신선이로다. 또 그대는 무슨 재주가 있는가?"

이번에는 능파에게 물으니 대답하였다.

有 名
있을유 이름명
7급 6회   7급 6회

• 두보(杜甫) : 중국 당나라 때의 시인.

"저는 *아황 여영이 놀던 땅에서 살아 바람이 <u>고요한</u> 밤이면 거문고 소리가 물소리에 섞여 들려 어릴 때부터 따라 하면서 때때로 익혔습니다. 귀한 분께서도 들을 만하실 것입니다."

월왕이 말하였다.

"아황 여영의 거문고 소리는 옛 사람의 글 속에서나 알 수 있었을 뿐, 낭자가 능히 살려내면 그 아니 좋겠는가. 어서 타보도록 하라."

능파가 수레 속에서 스물다섯 줄 거문고를 꺼내 한 곡 타는데 맑은 가락이 무언가를 하소연하듯 절절하여 듣는 사람을 아프게 하니 온자리에 슬픈 기색이 떠돌았다.

월왕이 기이하게 여겨 말하였다.

"인간이 연주하는 곡조라고는 믿지 못하겠다. 하늘과 땅의 조화를 부리니, 낭자는 선녀가 분명하도다."

흥이 무르익어 끝을 모르는데 날이 저물었다. 잔치를 끝내는데, 춤과 노래에 상으로 내린 금과 비단이 헤아리지 못할 정도였다.

양소유와 월왕이 풍류를 갖추어 성문을 들어서니 사람들이 모두 구경하는데, 백 세 노인도 그 규모에 감탄하였다.

"현종 황제가 화청궁에 가실 때 위엄이 이와 같았는데, 오늘 또 다시 보는구나."

이때 두 공주는 진씨, 가씨와 함께 대부인을 모시고 양소유가 돌아오기를 기다리고 있었다. 놀이에서 돌아온 양소유가 요연과 능

• **아황(娥皇)** : 중국 고대의 요(堯)임금의 딸. 동생 여영(女英)과 함께 순(舜)임금에게 시집가서 순임금이 죽은 후 상강(湘江)에 몸을 던져 죽은 뒤 상군(湘君)이 되었다 함.

파 두 사람을 대부인과 두 공주에게 인사하게 하였다. 영양공주가
반가워하며 말하였다.

"전일 승상께서 두 낭자의 공로를 칭찬하여 일찍 보고자 하였는
데 어찌 이리 늦었는가?"

요연과 능파가 말하였다.

功 勞
공공 일할로
6급 5획 5급 12획

"저희는 비록 승상의 한 번 돌아보신 은혜를 입었으나 두 부인께
서 한 자리를 허락하지 않으실까 두려워 감히 오지 못하였습니다.
두 공주께서 관저의 덕이 있으심을 듣고 이제야 나아와 뵙고자 하
였는데, 마침 승상께서 성대히 놀이를 하신다는 말을 듣고 감히 참
여하고 돌아오니, 이는 저희의 영광스러운 행운인가 합니다."

난양공주가 웃으며 말하였다.

"우리 궁중에 봄빛이 한창인 것은 우리 형제의 공임을 승상께서
는 아십니까?"

양소유가 크게 웃으며 말하였다.

"저 두 사람이 새로 와서 공주의 위풍이 두려워 아첨하는 말을
공으로 삼으려 하오?"

모두들 유쾌하게 웃는데, 두 공주가 섬월에게 물었다.

"오늘 승부는 어떠했는가?"

섬월이 대답하였다.

"월궁 미인의 기세를 꺾은 것은 새로 온 두 낭자의 미모와 재주

때문입니다."

그 이튿날 양소유가 조정에서 물러나려 하는데 태후가 월왕과 함께 불렀다. 두 사람이 가니 두 공주는 벌써 들어가 태후를 모시고 있었다.

태후가 월왕에게 물었다.

"어제 승상과 춘색을 다투었다더니 승부는 어떠했는가?"

월왕이 대답하였다.

"승상의 복록은 사람으로서 대적할 바가 아니었습니다. 다만 그 복이 누이들에게도 복이 되겠습니까? 부디 마마께서는 이 물음으로 승상을 심문하십시오."

"월왕이 저에게 졌단 말은 이태백이 *최호의 시를 겁내는 것과 같습니다. 공주에게 복이 되고 아니 됨은 공주에게 물으십시오."

태후가 돌아보자 두 공주가 짐짓 대답하였다.

"부부는 한몸, 영욕과 고락을 달리 할 수 없습니다. 승상께 복이 되면 저희들에게도 복이 됩니다."

"비록 누이의 말이 순하나 예로부터 부마 중에 누가 승상같이 방탕하였습니까? 부디 승상을 벌하여 주십시오."

태후가 크게 웃고 술 한 잔으로 벌하였다. 이후로 두 부인이 여섯 낭자와 서로 즐기는 뜻이 고기가 물에서 놀고 새가 구름에서 나는 것 같았다. 이는 비록 두 부인의 덕이 크고 넓어서이기는 하지만,

春色
봄춘 빛색
7급 9획 7급 6획

• **최호(崔顥)** : 당나라의 시인. 이백이 그의 대표작 〈황학루〉를 보고 감탄하였다고 함.

남악산에 있을 때 아홉 사람의 소원이 이러하였기 때문이다.

하루는 두 공주가 서로 의논하여 말하였다.

"옛사람은 여러 자매가 남의 아내도 되고 첩도 되었어요. 그런데 지금 우리 여덟 사람은 성도 각각 다르나 그 의가 한 핏줄 같고 그 정이 형제 같으니 어찌 하늘의 뜻 아니겠는가? 마땅히 의자매가 되는 것이 어떠한가?"

두 부인의 말에도 여섯 낭자는 모두 겸손히 사양하였다. 특히, 춘운과 경홍, 섬월이 더욱 응하려 하지 않자 영양공주가 타일러 말하였다.

"유비 · 관우 · 장비 세 사람은 임금과 신하 사이였지만 형제의 의가 있었고, 나와 춘랑은 본디 규중의 벗이었으니 어찌 자매가 될 수 없겠는가. 또 세존의 아내 야수부인과 음란한 창녀인 등가여자는 높고 낮음의 차이가 크지만 다 함께 세존의 제자가 되어 마침내는 도를 이루었으니, 처음의 미천함으로 어찌 스스로 꺼리겠소?"

두 공주가 여섯 낭자를 데리고 관음상 앞에 나아가 향을 피우고 아뢰었다.

"모년 모월 모일, 제자 정경패 · 이소화 · 진채봉 · 가춘운 · 계섬월 · 적경홍 · 심요연 · 백능파는 삼가 부처님께 말씀드립니다. 저희 여덟 사람은 비록 각각 다른 집에서 태어나 자랐으나 함께 한 사람을 섬겨 뜻과 정이 같으니 오늘부터 자매 되어 *생사고락을 함

世 尊
인간세 높을존
7급 5획　4급 12획

• 생사고락(生死苦樂) : 나고 죽음, 괴로움과 즐거움으로 인간 삶의 모든 것을 뜻함.

께하고, 누구든 다른 마음을 가지면 천지가 용납하지 아니할 것입니다. 부처님께서는 복을 주시고 재앙은 줄여 백 년 후 함께 극락으로 가게 해주소서."

이후 여덟 사람이 각각 자녀를 두었는데, 영양공주·난양공주·가춘운·계섬월·심요연·적경홍은 아들을 낳았고, 진채봉·백능파는 딸을 낳았다. 모두 다 한 번 출산한 후 다시는 잉태하지 않으니 낳고 기르는 데 괴로움이 없었다.

세월은 물 흐르듯 하여, 양소유가 재상이 된 지도 이미 수십 년이었다. 유부인과 정사도 부부는 오래 살다가 세상을 떠나고, 양소유는 육남 이녀를 두었는데, 모두들 부모를 닮아 풍채가 뛰어났다. 그의 아들들은 이미 조정에 나가 나랏일을 보고 있었는데, 맏아들 대경은 영양공주의 소생으로 예부상서이고, 둘째 차경은 적경홍의 소생으로 *경조윤이었으며, 셋째 숙경은 가춘운의 소생으로 어사중승이 되고, 넷째 계경은 난양공주의 소생으로 이부시랑이며, 다섯째 유경은 계섬월의 소생으로 한림학사, 여섯째 치경은 심요연의 소생으로 나이 열다섯에 용력이 뛰어나 금오상장군이 되어 *경영군 십 만을 거느리고 대궐을 호위하였다. 큰딸 전단은 진채봉의 소생으로 월왕의 아들 낭야왕의 부인이 되었고, 둘째딸 영락은 백능파의 소생으로 황태자의 후궁이 되었다.

양소유가 한 서생으로 스스로를 알아주는 임금을 만나 무로써

育
기를 육
7급 8획

나라의 환난을 구하고 문으로써 태평성대를 이루어 그 복록의 완전함이 천고에 다시없었다.

양소유는 재상의 지위를 누린 지 오래고 가문도 번성하니, 누리는 스스로의 복락이 넘친다고 생각하여 조정에서 물러나기를 청하는 상소를 올렸다. 이를 천자가 받아들이지 않아 간절한 상소를 십여 차례 더 올린 뒤 마침내 천자는 양소유를 위국공으로 봉하고 승상의 지위를 거두었다. 그리고 친히 글을 써서 간곡한 마음을 전하였다.

그대의 뜻이 그러하니 어찌 높은 절개를 이루도록 돕지 아니하겠소. 하지만 태후께서 돌아가신 후 차마 두 공주를 멀리 떠나보낼 수가 없소이다. 성남 사십 리에 취미궁이라는 별궁이 있으니, 거기서 한적하게 지내도록 하오.

양소유는 천자의 큰 은혜에 감사하며 바로 취미궁으로 옮겼다. 이 궁은 종남산에 있는데 경치가 빼어났다. 그는 이제 두 부인과 여섯 낭자를 데리고 물에 이르러 달빛을 즐기고 산에 들어 매화를 찾으며, 또는 시로 화답하고 거문고도 타니 나이 들어 누리는 그 복을 모두 부러워하였다.

팔월 보름날은 양소유의 생일로, 자녀들이 장수하기를 빌며 십일 동안 잔치하니, 그 풍성하고 화려한 모습은 비할 데가 없었다.

完全
완전할완 온전전
5급 7획   7급 6획

on

핵심⁺ 〈구운몽〉의 판본

〈구운몽〉에는 한문목판본·국문방각본·국문필사본·국문활자본 등 많은 이본이 있으며, 이본에 따라 1책에서 4책까지 다양하다. 종래에는 원전은 국문소설로 되어 있다고 생각하는 경향이 강했으나, 그 전승 과정이 밝혀지면서 최초에 한문으로 지어졌을 가능성이 설득력을 얻고 있다. 그러나 이들 한문본과 한글본 중 어느 것이 앞선 것인가에 대해서는 아직 밝혀야 할 문제점이 많다.

 好樂好樂 한자 노트

목숨수 | 총 14획 | 부수 士 | 3급

노인(士)이 될 때까지 오래도록 산다는 데서 '장수하다'의 뜻이 된 글자이다.

壽石(수석) : 생긴 모양이나 빛깔·무늬 따위가 묘하고 아름다운 천연석.
壽衣(수의) : 염습할 때 시체에 입히는 옷.
米壽(미수) : '여든여덟 살'을 다르게 이르는 말.

내가 찾은 사자성어

목숨수 복복 편안강 편안녕
壽福康寧
수　복　강　녕

내용 » 오래 살고 복을 누리며 건강하고 평안함을 나타냄.

노래자(老萊子)

춘추시대 초나라의 현인으로, 중국 원나라 곽거경(郭居敬)이 선정한 스물네 명의 효행자 중 한 사람. 칠십 세에 아이 옷을 입고 장난을 하여 늙은 부모를 위안하였다고 하며, 이 고사에서 '노래지희(老萊之戲)'라는 말이 생겨났다. 저서에 〈노래자〉 15편이 있다.

잔치연 | 총 10획 | 부수 宀 | 3급

집(宀)에서 편히(妟) 지냄을 뜻하며 '즐기다', '잔치하다'의 뜻으로도 쓰인다.

宴席(연석) : 연회의 자리.
宴會(연회) : 여러 사람이 모여 술을 마시거나 음식을 먹으면서 즐기는 모임.
酒宴(주연) : 술자리.
披露宴(피로연) : 결혼이나 출생 따위를 널리 알리는 뜻으로 베푸는 잔치.

내가 찾은 속담

잔치엔 먹으러 가고 장사엔 보러 간다

≫ 축하해야 할 혼인 잔칫집에서는 먹는 데만 신경을 쓰고, 위로하며 일을 도와주어야 할 초상집에서는 구경만 하는 야박한 인심을 이르는 말.

노승이 나타나
인생의 덧없는 꿈을 깨다

어느덧 구월이 되니 국화가 만발하였다. 취미궁 서쪽에 높은 누각이 있으니 오르면 팔백 리 진천이 손바닥 펼친 듯 훤히 내려다보였다.

양소유가 두 공주와 여섯 낭자를 데리고 가을 경치를 즐기는데, 어느덧 석양은 기울고 구름이 낮게 깔리는데 가을빛이 찬란하니, 마치 그림 같았다.

문득 양소유가 옥퉁소를 내어 한 곡 부니 그 소리가 처량하였다. 미인들이 듣고 모두 슬픔을 이기지 못하니, 두 공주가 물었다.

"승상께서는 일찍이 공명을 이루어 오래도록 부귀를 누려왔는데, 퉁소 소리가 처량하여 예전과 다르니 어찌된 일입니까?"

양소유가 옥퉁소를 내려놓고 난간에 기대어 밝은 달을 가리키며 말하였다.

"동쪽을 바라보니 진시황의 아방궁이 풀 속에 외롭고, 서쪽으로는 한무제의 능이 가을 풀 속에 쓸쓸하며, 북쪽에는 당명황의 화청궁에 빈 달빛뿐이오. 이 세 임금은 천고의 영웅으로 천세를 지내고자 하였지만, 이제 어디 있는가? 나는 베옷 입던 선비로 다행히 현명하신 임금을 만나 벼슬이 장상에 이르고 또 여러 낭자를 만나 서

夕 陽
저녁 석 볕 양
7급 3획 6급 12획

로 정이 두터우니, 천생연분이 아니면 어찌 그러하겠소? 연분으로 모이고 연분이 다하면 흩어지는 것. 우리 한 번 돌아가면 누각과 연못, 노래하던 궁전과 춤추던 정자들이 거친 풀로 적막한 가운데 나무하는 아이들과 소치는 아이들이 손가락질하며, '양승상이 낭자와 함께 놀던 곳'이라 하리니 어찌 슬프지 아니하오?"

양소유는 잠시 말을 끊더니 다시 이었다.

"천하에 세 가지 도가 있으니 유도 · 선도 · 불도라오. 이 가운데 유도는 윤리의 기본을 밝히고 살아 있는 동안의 일을 중하게 여기며 죽은 후에 이름을 남길 따름이오. 선도는 예로부터 구하는 사람은 많으나 얻은 사람이 드무오. 근래에 꿈을 꾸면 항상 방석에 앉아 *참선하는 나를 보게 되는데, 아마도 불도에 인연이 있는 것 같소. 내 장차 *장자방이 *적송자를 따른 것같이 하여 관음을 뵙고, 문수보살에게 예불하여, *불생불멸의 도를 얻고자 하나, 그대들과 함께 반평생을 의지하며 살다가 장차 이별하려 하니 자연 슬픔이 퉁소 소리에 나타난 모양이오."

여러 낭자도 다 남악 선녀로서 세속의 인연이 다한 가운데 양소유의 말을 들으니 어찌 감동하지 않겠는가? 다 같이 말하였다.

"상공께서 그런 마음이심은 하늘의 뜻, 저희 여덟 사람은 마땅히 아침저녁으로 예불하여 기다릴 것이니, 밝은 스승 만나 큰 도를 이룬 후 저희를 가르치십시오."

牛
소우

5급 4획

• 참선(參禪) : 좌선하여 불도를 닦는 일.

• 장자방(張子房) : 중국 전한(前漢)의 공신. 유방을 도와 한나라를 세운 전략가. 장량(張良).

• 적송자(赤松子) : 중국의 신선으로 신농 때 비를 관장하였다 함.

• 불생불멸(不生不滅) : 불교에서 이르는, 생겨나지도 아니하고 죽어 없어지지도 아니하는, 상주불멸(常住不滅)하는 진여(眞如)의 경지

"우리 아홉 사람의 마음이 이렇듯 맞으니 무슨 근심이 있겠소? 나는 내일 떠날 것이니, 오늘은 낭자들과 실컷 취하리라."

그때 문득 지팡이 끄는 소리와 함께 한 노승이 나타났다. 눈썹이 한 자나 되고 눈은 맑은 물결 같아 분명 평범한 중이 아니었다. 노승은 누각 위로 오르더니 양소유와 마주앉으며 말하였다.

"산중에 사는 사람이 대승상을 뵙습니다."

양소유가 일어나 답례하여 말하였다.

波
물결파
4급 8획

"스님은 어디에서 오셨습니까?"

"승상은 평생 사귄 오랜 벗을 모르십니까?"

양소유가 한참 동안 바라보다가 깨닫고 여러 낭자를 돌아보며 말하였다.

"내 토번을 치러갔을 때 꿈에 동정호에 갔다가 남악산에 올라 노스님이 제자를 데리고 강론하는 모습을 보았는데 바로 그분이십니까?"

講
강론할강
4급 17획

노승이 손뼉을 치고 크게 웃으며 말하였다.

"옳소! 그러나 승상은 꿈에서 한 번 본 것만 기억하고, 십 년 세월의 일은 생각지 못하십니까?"

양소유가 멍한 채로 말하였다.

"십육 세 이전에는 부모의 곁을 떠나지 아니하고, 십육 세 후에는 벼슬하여 임금을 섬기느라 겨를이 없었는데, 어느 때 스님 좇아 십 년을 놀았겠습니까?"

노승이 웃으며 말하였다.

"승상이 오히려 꿈을 깨닫지 못하였소."

"스님께서 저를 깨닫게 하시겠습니까?"

노승이 말하였다.

"이는 어렵지 않다."

문득 소리치며 지팡이를 들어 난간을 치니, 흰구름이 일어 사면을 채워 바로 눈앞도 분간하지 못할 지경이었다.

양소유가 크게 소리쳐 말하였다.

"스님은 바른 도리로 가르치시지 않고 어찌 도술로 사람을 놀리십니까?"

양소유가 채 말을 마치기도 전에 구름이 걷히며 노승과 두 공주, 여섯 낭자는 오간 데 없었다. 크게 놀라 자세히 보니 누대 궁궐은 사라지고, 자기 홀로 작은 암자 가운데 앉아 있었다.

손으로 머리를 만지니 깎은 흔적이 완연하고 백팔염주가 목에 걸려 있었다. 그 모습은 위엄 높은 대승상이 아니라 바로 연화도량의 성진 그였다.

'……이 모두가 하룻밤 꿈이었단 말인가? 사부께서 나의 잘못을 깨닫게 하고자 인간 세상에 나 겪게 하신 것이다.'

성진이 즉시 샘터에 가 세수한 후, 장삼을 바로 하고 방장에 들어가니 육관대사의 제자들이 다 모여 있었다.

대사가 큰소리로 말하였다.

"성진아, 인간 세상의 재미가 어떠하더냐?"

성진이 머리를 조아리며 말하였다.

"이제야 비로소 깨달았습니다. 성진이 함부로 굴며 마음을 바르게 갖지 못하였으니, 마땅히 재앙을 받아야 하는데 사부께서 꿈을 불러 일으켜 깨닫게 하시니, 그 은덕은 천만년이라도 갚지 못하겠

師 父
스승 사 아비 부
4급 10획 8급 4획

습니다."

"네 흥을 타고 갔다가 흥이 다하여 왔으니 내 어찌 간섭하리? 또 너는 인간 세상의 *윤회를 꿈꾸었다 하는데, 이는 네가 세상과 꿈을 둘로 보는 것이다. *장주가 꿈에 나비가 되었다가 나비가 또 변하여 장주가 되었다고 하니, 나비가 꿈에 장주가 된 것인가, 장주가 꿈에 나비가 된 것인가? 성진과 소유, 누가 꿈이며 누가 꿈이 아니냐?"

"제자가 어리석어 꿈과 참을 알지 못하니, 사부께서는 가르쳐 깨닫게 해주소서."

"이제 《금강경》의 큰 법을 말하여 그대로 하여금 깨닫게 하려니와, 새로 오는 제자가 있을 것이니 잠깐 기다리도록 하라."

그때 문을 지키던 도인이 들어와 말하였다.

"어제 다녀간 위부인의 팔선녀가 또다시 와서 대사님 뵙기를 청합니다."

대사가 들어오라 하자, 팔선녀가 대사 앞에 나아와 합장하고 머리를 조아리며 여쭈었다.

"저희가 위부인을 모셨으나 배운 것이 없는데, 사부께 구하심을 입어 꿈에서 깨어났습니다. 이제 제자가 되어 같은 길을 가게 해주십시오."

"선녀들의 뜻은 비록 아름다우나 불법은 깊고 멀어서 능력이 되

弟　子
아우제 아들자
8급 7획　7급 3획

• 윤회(輪廻) : 중생이 삼계(三界) 육도(六道)를 끊임없이 돌고 돌며 생사를 거듭하는 것.

• 장주(莊周) : 중국 전국시대 도가(道家) 초기의 가장 중요한 사상가. 장자(莊子).

고 원하는 바가 크지 않으면 이룰 수 없도다. 그러하니 스스로 잘 생각해 보라."

팔선녀가 물러가 연지분을 씻고 가위로 구름 같은 머리칼을 깎아낸 후 들어와 다시 말하였다.

"제자들은 사부의 가르침에 게으르지 아니하겠습니다."

대사가 크게 웃으며 말하였다.

"좋구나, 좋아! 너희의 지극한 정성이 이와 같으니 어찌 감동하지 않겠느냐."

마침내 대사가 자리에 올라 불경을 설하는데, 부처의 두 눈썹 사이 *백호의 광채가 세계를 비추고 하늘에서 연꽃이 비같이 내렸다.

설법이 끝날 즈음 대사는 《금강경》 사구게를 외웠다.

"일체 *유위법은 꿈 같고 환상 같고 물거품 같고 그림자 같으며 이슬 같고 또한 번개와도 같으니 응당 이와 같이 볼지니라."

순간 성진과 여덟 비구니가 일시에 깨달아 *적멸의 바른 도를 얻었다.

육관대사는 성진의 수행이 높고 원숙하매 대중을 모아놓고 말하였다.

"나는 본디 부처의 법을 전하려고 여기 왔다. 이제 그 법을 전할 사람이 있으니 그에게 맡기고 돌아가노라."

가사와 염주, 바리, 정병, 그리고 《금강경》 한 권을 성진에게 건

• 백호(白毫) : 부처의 신체적인 특징인 32상(相)의 하나. 미간에 하얀 털이 있고, 이것이 오른쪽으로 돌아 항상 빛을 발함.

• 유위법(有爲法) : 여러 원인과 조건이 모여 형성된 것. 인연에 의해 생멸 변화하는 현상계의 모든 사물. 인과 관계로 구속되어 있는 존재.

• 적멸(寂滅) : 생(生)도 멸(滅)도 모두 사라지고 없는 경지. 무위(無爲) 적정의 경지. 열반(涅槃).

네고 천축국으로 돌아갔다.

　이후 성진은 연화도량의 대중을 거느리고 크게 불법을 펴니, 신선, 용신, 사람, 귀신 모두가 그를 육관대사처럼 받들었다. 또한 여덟 비구니는 성진을 스승으로 섬겨 보살의 큰 도를 이룸으로써 마침내 아홉 사람이 함께 극락세계로 갔다.

極 樂
극진할극 즐길락
4급 13획　6급 15획

핵심⁺ 〈구운몽〉의 결말에서 살펴보는 사상적 요소

　〈구운몽〉의 근원 사상은 유교·불교·도교 사상의 대화합으로 그 빛을 더한다. 현실의 주인공 성진과 꿈의 주인공 양소유는 〈금강경〉의 공관을 극명하게 풀어 보여주면서 장주(莊周)의 '나비의 꿈'으로 하여 허무함[空]을 뛰어넘어 큰 깨달음에 이르는 길인 소설의 마지막 대목이 더욱 설득력을 얻는다. 곧, 〈금강경〉에 나오는 4구로 된 게송(偈頌). 여기서 꿈[夢]이란 망령된 몸이요, 환상[幻]이란 망령된 생각이요. 물거품[泡]이란 번뇌이며, 그림자[影]란 업으로, 이슬[露] 같고 번개[電]와도 같은 이 모두를 '함이 있는 법'[有爲法]이라 한다. 깨달음이란 모든 업이 사라지는 것으로 이 경지가 적멸, 곧 열반이다.

好樂好樂 **한자 노트**

고요할적 | 총 11획 | 부수 宀 | 3급

집(宀)에 있던 어린애(叔)가 없어서 적막하고 쓸쓸함을 뜻하는 글자이다.

寂寞(적막) : 적적하고 고요함.
孤寂(고적) : 쓸쓸하고 외로움.
入寂(입적) : 생사의 번뇌를 벗어나 열반에 드는 것.
靜寂(정적) : 고요하고 쓸쓸함.

내가 찾은 사자성어

고요할적 꺼질멸 할위 즐길락
寂 滅 爲 樂
적 　멸　 위　 락

내용 》 불교에서, 생사의 괴로움에 대하여, 적정(寂靜)한 열반의 경지를 참된 즐거움으로 삼는 일.

장주의 나비의 꿈(胡蝶之夢)

중국 도가 초기의 중요한 사상가, 장자(莊子). 장자의 사상은 중국 불교의 발전에도 영향을 주었다. 그의 인식에 대한 철저한 상대성은 《장자》에 나오는 '나비의 꿈'에 잘 나타나 있다.

"언젠가 나 장주는 나비가 되어 즐거웠던 꿈을 꾸었다. 나 자신이 매우 즐거웠음을 알았지만, 내가 장주였던 것을 몰랐다. 갑자기 깨고 나니 나는 분명히 장주였다. 그가 나비였던 꿈을 꾼 장주였는지 그것이 장주였던 꿈을 꾼 나비였는지 나는 모른다. 장주와 나비 사이에는 어떤 차이가 있음은 틀림없다. 이것을 일컬어 사물의 변환이라 한다."

멸망할멸 | 총 13획 | 부수 水 | 3급

물(水)에 불이 꺼져(威) 없어진다는 뜻의 글자이다.

滅菌(멸균) : 세균을 죽여 없앰. 살균.
滅亡(멸망) : 망하여 없어짐.
滅種(멸종) : (생물의) 씨가 없어짐, 또는 씨
　　　　를 없앰.
生者必滅(생자필멸) : 불교에서, 생명이 있
　　　　는 것은 반드시 죽을 때가 있다는 뜻으로
　　　　이르는 말.

내가 찾은 속담 명산대천에 불공 말고 타관 객지에
나선 사람 잘 대접하랬다

　≫　좋은 곳 찾아 기도하며 정성들이는 것보다 사람에게 잘하는 것이 더
복받는 일이라는 말.

등용문 첫 번째 관문

내용 되짚어 보기

중국 당나라 때 남악 형산 연화봉에서 육관대사가 불법을 베푸는데, 동정호 용왕도 참석한다. 육관대사는 제자 성진을 용왕에게 사례하러 보내고, 이때 형산의 선녀 위부인이 법회에 참석하지 못함을 사죄하러 팔선녀를 보낸다.

용왕의 권을 물리치지 못하고 술을 마신 성진은 돌아가던 팔선녀와 돌다리에서 마주쳐 잠시 말을 주고받으며 희롱한다. 돌아와서도 팔선녀에 대한 생각을 떨치지 못하며 불도 수행의 적막함에 회의를 느끼며 입신양명을 꿈꾸다가 육관대사로부터 내침을 당해 팔선녀와 함께 추방당한다. 성진은 양처사 아들 양소유로, 팔선녀는 진채봉 · 계섬월 · 적경홍 · 정경패 · 가춘운 · 이소화 · 심요연 · 백능파로 태어난다.

성장하여 과거를 보러 길을 떠난 양소유는 화음현에 이르러 진어사의 딸 진채봉을 만나 혼약한다. 그때 난이 일어나고 양소유는 남전산에서 도인을 만나 하루를 지냈을 뿐인데 그 동안 철이 바뀌었고 난은 평정되었으며, 진채봉은 역적의 벼슬을 한 죄로 아버지가 처형된 뒤 관원에게 끌려갔다는 소문만 듣고 고향으로 돌아온다.

이듬해 다시 과거 길을 떠난 양소유는 낙양 술집 천진교에서 기생 계섬월과 인연을 맺고, 거문고 타는 여도관으로 꾸며 정사도의 딸 정경패를 만난 뒤, 과거에 급제하여 정사도의 사위로 정해진다. 정경패는 양소유가 자신을 속인 모욕을 갚기 위해 시비 가춘운으로 하여금 양소유와 인연을 맺게 한다.

이때 하북의 세 번왕이 난을 일으켜 조정이 불안하였다. 양소유가 절도사로 나가 평정하고, 돌아오는 길에 계섬월과 적경홍을 만난다. 진채봉은 궁녀가 되어 황제의 누이 난양공주를 모시게 되고, 양소유는 어느 날 밤 난양공주의 퉁소소리에 화답한 인연으로 부마로 선택되지만, 정경패와의 정혼을 이유로 거절하였다가 투옥된다.

그때 토번왕이 침입하여 나라가 어지러워지자 갇혀 있던 양소유는 대원수가 되어 출전하고 진중에서 토번왕의 여검객 심요연과 인연을 맺는다. 그 동안 난양공주는 정경패를 비밀리에 만나보고 그 인물됨에 감복, 의형제가 되어 정경패를 제1공주인 영양공주로 삼는다.

토번왕을 물리치고 돌아온 양소유는 영양공주·난양공주와 혼인하고, 진채봉과 다시 만난다. 이어 팔선녀 모두를 만나 함께 부귀와 영화를 누린다.

벼슬에서 물러난 후 생일을 맞아 잔치를 열고 종남산에 오른 양소유는 영웅들의 황폐한 무덤을 보고 문득 인생의 무상함을 느낀다. 이때, 노승이 찾아오고 꿈에서 깨어나 꿈의 양소유가 본래의 성진으로 돌아온다. 성진은 육관대사의 후계자가 되고 팔선녀도 불문에 들어 수행하다가 함께 극락세계로 간다.

논술로 생각 키우기

1. 〈구운몽〉의 주제에 대하여 간략하게 써 보자.

2. 노래자의 효에 대한 자신의 생각을 정리하여 보자.

3. 몽유록계 소설에 대하여 설명해 보자.

4. 중국의 과거제도에서 황제 앞에서 치르는 과거시험의 명칭은 무엇인가?

5. 김만중 어머니의 교육 태도를 오늘에 살린다면?

6. 〈구운몽〉의 시대 배경을 간략하게 답해 보자.

7. 〈구운몽〉의 여자 주인공들의 삶에 대하여 각자의 생각을 자유롭게 전개하여 보자.

8. 김만중이 우리의 참된 글은 오직 이것뿐이라고 한 것은 누구의 무슨 작품인가?

9. 〈금강경〉 사구게와 장주의 '나비의 꿈'을 대신할 수 있는 말을 육관대사의 말에서 찾아본다면 어떤 것이 있을까 생각해 보자.

한자능력 검정시험 예상문제

다음 한자 낱말의 음을 써라.

1. 勝負

2. 工巧

3. 景致

4. 演奏

5. 道理

다음 한자의 훈과 음을 써라.

6. 功

7. 好

8. 嚴

9. 緣

10. 異

다음 낱말에 맞는 한자를 보기에서 찾아 (　) 안에 써라.

보기	仙 甘 配 山 福 好

11. 산천 – (　　)川

12. 신선 – 神(　　)

13. 배필 – (　　)匹

14. 감로 – (　　)露

15. 화복 – 禍(　　)

다음 한자의 총획수를 써라.

16. 草

17. 宗

18. 論

19. 海

20. 戰

다음 훈과 음에 맞는 한자를 써라.

21. 쇠 금

22. 빛 광

23. 인할 인

24. 임금 황

25. 이름 명

다음 (　　) 안에 있는 단어를 한자로 써라.

26. 남의 (험담)은 하지 않을수록 좋다.

27. 여름이 되니 (초목)이 무성하다.

28. 한려수도는 (경치)가 빼어나게 아름답다.

29. 인간의 (길흉)은 아무도 예측할 수 없다.

30. 그 학생은 (공로)가 인정되어 표창을 받았다.

다음 한자의 부수를 써라.

31. 道

32. 功

33. 光

34. 嚴

35. 異

다 풀었나요?

이제 여러분은 마지막 관문을 통과했습니다.

축하합니다.

〈두 번째 관문〉 논술로 생각 키우기 예시 답안

1. 〈성진이 팔선녀와 함께 인간세상에 나다〉, ‘〈구운몽〉의 주제’ 참조. 〈금강경〉의 공(空)사상을 한마디로 나타내는 육관대사의 말로부터 유추해 본다.

이 소설 마지막 대목에서 육관대사의 말 “…성진과 소유, 누가 꿈이며 누가 꿈이 아니냐?”는 말에서 짐작할 수 있듯 〈구운몽〉은 〈금강경〉의 주제를 소설화한 작품이라고 할 수 있다. 모든 것을 소유했으면서도 부귀공명과 입신양명은 한낱 꿈과 같다는 허망함을 나타낸다.

2. 〈양소유, 두 부인 여섯 낭자와 함께 행복을 누리다〉, ‘노래자(老萊子)’ 참조. 먼저 우리가 살고 있는 이 시대의 효사상과 비교해 본다. 그리고 나의 부모에 대한 태도 등 현실적으로 자신의 생각을 정리한다.

노래자는 춘추시대 초나라의 현인으로, 중국 원나라 곽거경(郭居敬)이 선정한 스물네 명의 효행자의 한 사람. 칠십 세에 아이 옷을 입고 장난을 하여 늙은 부모를 위안하였다고 한다.

3. 〈양소유 계섬월과 만나다〉, ‘몽유록계 소설’ 참조. 몽유록계 소설에 대하여 쓰고, 대표적인 작품을 쓴다.

몽유록계 소설은 이루어질 수 없는 이상세계를 그린 것과 절박한 당대 현실의 부조리를 직설적으로 그려낸 것으로 나뉜다. 환몽구조의 서사방식을 이어 성숙한 형식으로 발전시킨 유형을 ‘몽자소설(夢字小

說)' 이라 하며, 김만중의 〈구운몽〉이 이에 해당된다. 남영로의 〈옥루몽〉, 이정작의 〈옥린몽〉, 임제의 〈원생몽유록〉, 심의의 〈대관제몽유록〉, 윤계선의 〈달천몽유록〉, 신광한의 〈안빙몽유록〉 등이 있다.

4. 〈양소유 계섬월과 만나다〉, '중국의 과거제도' 참조.
각 성(省)에서 치르는 향시(鄕試 : 초시)와 황궁에서 황제가 주관하는 전시(殿試) 등이 있다. 전시 합격자는 '진사급제'라는 칭호를 얻었으며, 갑과 1등은 장원(壯元), 2등 방안(榜眼), 3등 탐화(探花)라고 불렀다.

5. 〈양소유가 두 공주와 결혼하다〉, '김만중의 어머니' 참조. 김만중 어머니의 교육열과 그 실천적 방법을 오늘의 교육 현실에서 어떻게 살려야 할지 자신의 생각을 정리해 본다.
김만중은 형 만기와 함께 어머니 해평 윤씨의 교육을 받으며 자랐다. 당시는 임진왜란·병자호란이 끝나고 얼마 되지 않아, 필요한 책 구하기가 여간 어렵지 않았다. 가난한 살림에도 필요한 책은 곡식을 퍼주고 바꿨으며, 좋은 책이 눈에 띄면 값의 고하를 묻지 않고 짜던 베를 잘라서라도 구했다. 그리고 이웃에 홍문관 서리가 있어 그를 통해 홍문관에 있는 책들을 빌려 손수 베껴 읽히기도 하였다. 어머니 윤씨는 보통 때에는 자애로웠으나 공부를 시키는 데는 아버지 이상으로 엄하게 소학(小學)·사략(史略)·당시(唐詩) 등을 가르쳤다.

6. 〈장원한 양소유, 정경패를 보다〉, '〈구운몽〉의 줄거리' 참조.
작품의 배경이 되는 당나라는 당시 세계 최대의 제국으로, 여러 나라와 문화적·경제적 교류를 가졌다. 정치·사회의 기본인 유교 외에 도교·불교가 존중, 인도 등의 문화를 받아들임으로써 다양한 사상·종교가 성행하였으며, 찬란한 예술과 문화를 이루었다.

7. 〈양소유가 두 공주와 결혼하다〉, ‘〈구운몽〉의 여자주인공들’ 참조. 한 남자에게 종속된 삶에 기꺼이 순응하는 듯이 보이는 여자주인공들, 여기서 발상의 전환을 하여, 자기 세계를 가지고 독립적으로 살아가는 여주인공들에 맞추어 자기 생각을 정리해 본다.

언뜻 한 남자에 종속된 삶으로 일관된 느낌을 가지기 쉽지만, 자기에게 주어진 운명에 순종하는 관념화된 인물이 아니라 살아서 생동하는 인물이다. 그들은 이상적인 남성이라면 부실의 자리라도 스스로 청하였고, 또한 만족하였다. 그리고 각각 자기의 세계를 가지고 스스로의 지성으로 양소유를 중심으로 갈등 없는 애정생활을 꾸려나갔다. 이런 점에서 볼 때 그들은 현대여성보다 더욱 독립적이고 개성적인 면을 보여준다고도 할 수 있다.

8. 〈양소유가 심요연·백능파와 인연을 맺다〉, ‘김만중의 〈서포만필〉’ 참조. 정철의 〈관동별곡〉·〈사미인곡〉·〈속미인곡〉

9. 〈노승이 나타나 인생의 덧없는 꿈을 깨다〉, ‘〈구운몽〉의 결말에서 살펴보는 사상적 요소’ 참조. 마지막 대목에서 장주의 ‘나비의 꿈’과 함께 이야기되는 육관대사의 말에서 찾아본다.

성진과 소유, 누가 꿈이며 누가 꿈이 아니냐?

〈세 번째 관문〉 한자능력 검정시험 예상문제 해답

1. 승부	10. 다를 이	19. 10획	28. 景致
2. 공교	11. 山	20. 16획	29. 吉凶
3. 경치	12. 仙	21. 金	30. 功勞
4. 연주	13. 配	22. 光	31. 辶
5. 도리	14. 甘	23. 因	32. 力
6. 공로 공	15. 福	24. 皇	33. 儿
7. 좋을 호	16. 10획	25. 名	34. 口
8. 엄할 엄	17. 8획	26. 險談	35. 田
9. 인연 연	18. 15획	27. 草木	

일석이조, 우리고전 읽기 002

구운몽

초판 1쇄 인쇄 2007년 12월 20일
초판 1쇄 발행 2007년 12월 27일

지은이_ 김만중
글쓴이_ 이경애
펴낸이_ 지윤환
펴낸곳_ 홍신문화사

출판 등록_ 1972년 12월 5일(제6-0620호)
주소_ 서울시 동대문구 용두 2동 730-4(4층)
대표 전화_ (02) 953-0476
팩스_ (02) 953-0605

ISBN 978-89-7055-161-6 03810